KB062376

AMERICAN DREAM

아메리칸 드림

아메리칸드림 1

2015년 4월 13일 초판 1쇄 인쇄
2015년 4월 16일 초판 1쇄 발행

지은이 금선
발행인 이종주

기획 팀 이주현 이기헌
책임 편집 이정규

발행처 (주)로크미디어
출판등록 2003년 3월 24일
주소 서울시 용산구 원효로97길 46 5층
Tel (02)3273-5135 Fax (02)3273-5134
홈페이지 rokmedia.com E-mail rokmedia@empas.com

ⓒ 금선, 2015

값 8,000원

ISBN 979-11-255-8801-6 (1권)
ISBN 979-11-255-8800-9 04810 (세트)

AMERICAN DREAM
아메리칸 드림

| 금선 장편소설 |

ROK
MEDIA
로크미디어

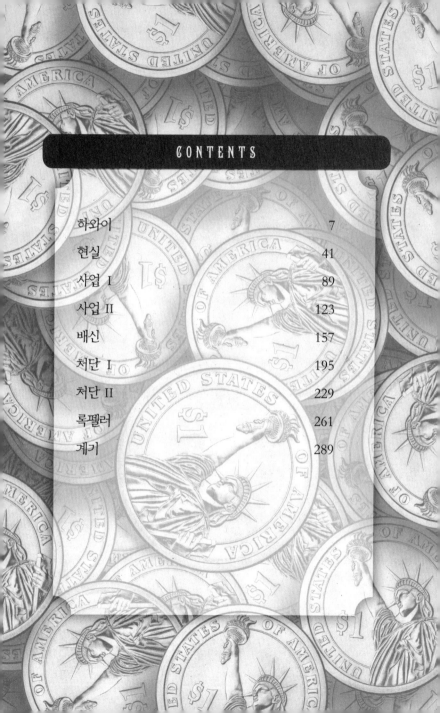

CONTENTS

하와이

1903년, 일본인들이 농장에서 파업을 하자 이를 저지하기 위해 조선인들과 노동계약을 하게 되었다. 이는 조선인 이민 역사의 시작이 되었다.

미국 하와이제도에는 네 개의 주요 섬이 있는데, 오아후는 그중에 하나다.

오아후 섬 북쪽 노동계약이 된 농장은 두 곳이었는데, 모큘레이아와 와이알루아 지역으로 모큘레이아 농장이 해변에 더 가까운 북쪽에 위치해 있다.

"이쪽 인원은 저기 숙소로 이동하고 나머지는 그 옆 숙소에서 생활하면 된다."

관리자는 조선인들에게 집을 배정하기 전 임시로 묵을 숙소를 지정해 주었다.

6백 명이 조금 넘는 인원, 여성은 소수고 어린아이들도 섞여 있었다.

"여보, 대찬이가 열이 심해요."

걱정스러운 표정으로 남편에게 말했다.

"큰일이네……. 일단 숙소로 가서 젖은 수건으로 몸을 한번 닦아 봅시다."

부부는 하나밖에 없는 아들을 걱정하며 급하게 이동했다.

'아, 더워! 술을 많이 마셔서 그런가?'

강대찬은 전날 제대하는 특전사 후임 안정수와 송별주를 마셨다. 장기 복무가 확정된 자신과 다르게 아끼던 후임, 안정수는 장기 복무가 되지 못했다. 그래서 제대하게 되자 이별이 너무 아쉬워 마시기 시작했는데, 해가 뜨는 지금까지 말술을 마시고 있었다.

대찬이 말했다.

"정수야, 물 좀 주라."

조용한 침묵만 있었다.

"물 좀 달라니까?"

방금 전까지 자신은 BOQ(군인 간부 숙소)에서 술을 마시고 있었다. 그런데 지금은 갈색빛 나는 목재 벽만 마주하고 있었다.

"허…… 내가 술을 너무 과하게 마셨나 보네. 잠이나 자자."

술을 많이 마셔서 꾼 꿈으로 치부한 대찬은 이내 곧 잠들었다.

♠

얼빠진 표정으로 해변에서 넋두리를 하고 있는 꼬마 하나가 있다.

"그러니까 내가 지금 하와이에 있고 명성황후가 시해된 지는 8년이다. 조선이 있고 고종 황제가 살아 있으며 우리 가족은 황금 달러에 큰돈을 벌 수 있다고 속아 여기에 일하러 왔다는 거지?"

일주일이 지났다.

그동안 대찬의 부모는 고열에 의해서 하나밖에 없는 자식이 미쳤다고 생각했었다. 평소에 듣지도 못했던 '힐'이라든가 '오나전', '듣보잡' 그리고 특히 말에 섞여 있는 외래어들은 정말 미쳤다고 생각하게 만들기 충분했다.

특히 대찬의 엄마 귀순은 아들을 볼 때마다 껴안고 눈물을 뚝뚝 흘리며 곡을 해 댔다. 그럴 때마다 대찬은 작은 몸으로 바동거리기를 반복했다.

"어쩌다가……."

어울리지 않는 어린 몸으로 쪼그려 앉아 고개를 푹 숙이며 한숨을 뻑뻑 내쉬었다.

할 일이 없었다.

정신의 나이는 스물여덟 살, 몸의 나이는 네 살.

보통의 다른 아이들은 정신과 육체의 나이가 같기 때문에 코를 찔찔거리면서 뻔질나게 돌아다녔다. 하지만 대찬은 달랐다.

'우울해.'

미치고 팔짝 뛸 일이다.

먹고 자고 일어나서 시간 보내다가 다시 먹고 자고 일어난다.

'사육당하는 기분이야.'

이 세계로 오게 된 지 2주가 넘도록 대찬의 일과 절반은 해변에서 한숨 쉬기였다.

"대짠아, 요기서 뭐 해에?"

대찬이 미쳤다고 조선인들 사이에서 소문이 나자 가까이 다가오는 사람이 없었다. 그러자 아이들이 대찬을 놀리기 시작했는데, 주변이 시끄러워지자 기분이 나빠진 대찬은 주변에 어른들이 없는 때를 노려서 애들과 한바탕 싸움을 했다. 그래서 다시는 자신을 놀리는 아이들이 없어졌지만, 추종자가 하나 생겼다.

"저리 가라."

"우웅, 대짠아, 같이 놀쟈아."

칭얼대며 대찬에게 들러붙었다.

자리를 옮겨도 거머리처럼 들러붙고 대찬이 한숨을 쉬면 옆에서 따라서 한숨을 쉬어 댔다.

'이 찰거머리를 어떻게 떼어 놓을까?'

생각할 게 너무 많았다.

명환은 대찬이 너무나 멋있었다. 다수와의 싸움에서 기죽지 않고 팔다리를 휘두르며 결국에는 이겨 내는 모습은 명환에게 잊지 못할 기억이었다. 그래서 대찬과 친하게 지내고 싶었다.

졸졸 따라다니면서 대찬이 하는 모든 것을 따라 했다. 그러면 자신도 대찬처럼 멋있는 사람이 될 수 있을 것 같았다.

대찬을 따라다니기를 한참, 발밑에 기어 다니는 소라게가 명환의 눈에 들어왔다.

"어, 이게 뭐지?"

주변에 굴러다니는 막대기 하나를 집어 들고 소라게의 뒤를 쫓기 시작했다.

한참을 쫓아다니며 귀찮게 굴던 명환이 없어지자 허전한 느낌이 든 대찬은 주위를 둘러보았다.

"어, 어, 어…… 파도!"

해안 가까이 다가가던 명환을 넘어서 큰 파도가 다가오고 있었다.

"이 자식이!"

대찬은 명환을 향해서 뛰어갔다.

뛰어가면서 대찬은 한 가지 생각이 들었다.

'내 머리 드럽게 크네.'

뛰기가 불편했다.

상황은 급박하게 돌아갔다. 파도가 해변에 들어와 소라게와 함께 명환을 휩쓸어 가기 시작했던 것이다.

대찬의 눈은 바다를 훑어보며 위치를 빠르게 찾았다.

"저기!"

물속에서 허우적대는 위치를 찾은 대찬은 바다에 뛰어들었다.

수영을 해서 가고 있었지만, 무거운 머리 무게로 인해 머리가 자꾸 물속으로 들어가려 했다.

명환은 다행히 해변에서 멀지 않은 곳까지만 갔다. 문제는 짧은 팔다리로 끌고 가기가 힘들다는 점이었다.

투명한 바닷속이 보이자 대찬은 주저 없이 잠수했다. 바닥을 까치발로 디디며 팔을 쭉 뻗어 허우적대는 다리를 잡고 위로 올리며 해변을 향해 걷기 시작했다.

눈을 뜨고 바닷속에서 최대한 빠르게 걷자 금방 해변에 닿을 수 있었다.

모래사장에 도착하자 명환은 주저앉아 울기 시작했다. 아직 안전하지 않음을 아는 대찬은 명환의 손을 잡아끌고 안전한 곳까지 데려갔다. 그러고는 대자로 뻗었다.

"우아앙, 우아앙."

명환은 한참을 울어 댔고 대찬은 그를 다독여야겠다고 생각했다. 누워 있다 일어선 대찬은 그대로 명환을 안았다.

"괜찮아, 이제."

안아서 안심을 시켜 주자 울음이 살짝 줄어들었다.

"대짠아, 흑, 흑흑. 대짠이 멋있다!"

대찬은 순간 이 모든 상황에 짜증이 났다.

"수박 깨기!"

대찬은 오른손으로 명환의 이마 정중앙을 수도로 때렸다.

이윽고 손을 잡고 명환을 집으로 데려다준 후 대찬은 터벅터벅 집으로 향했다.

처음 임시 숙소에서만 노동자들이 다 같이 지냈고 지금은 적정한 인원끼리 나누어 숙소를 배정했다.

기혼자들에게는 적당한 작은 집들이 배정됐는데, 집이라고는 하지만 볼품없는 천막집이었다.

"대찬이 왔니?"

귀순이 묻자 대찬은 답변 대신 다른 말을 했다.

"엄마, 내 머리 왜 이렇게 크게 낳았어?"

하루가 너무 힘들었던 대찬이다.

＊

조선인들의 농장 생활은 순탄치 못했다. 매일 해변에 가서 늦게 들어오던 대찬은 그제야 사탕수수 농장이 어떻게 돌아가는지 알게 됐다.

처음에는 그러지 않았으나 일을 잘못하거나 약간이라도 게으름을 피운다 싶으면 채찍질을 해 댔다.

노동계약을 했을 때 집과 식사를 제공하고 치료를 해 주겠다던 조선에서 본 광고 문구와는 다르게 집은 천막집에 식사는 제대로 주어지지 않았으며 치료 역시 이루어지지 않았다.

다들 이탈해 떠나고 싶어 했지만 대부분이 기독교인이었기에 조선으로 돌아가기도 힘들었다. 또 말이 통하지 않는 나라라는 것 때문에 이러지도 저러지도 못하고 있었다.

한 달에 25달러를 약속했었지만 현실적으로 주어지는 금액은 약 10달러 정도였다. 하지만 그 정도 보수도 조선에서보다는 많이 버는 수준이었기에 다들 참고 일하자는 분위기였다. 그렇게 다들 돈을 모아서 고국으로 돌아가겠다는 꿈을 키워 가고 있었다.

마음의 안정을 조금이나마 찾은 대찬은 불만이 생겼다. 그

것은 바로 음식에 대한 욕구였다.

21세기 대한민국에선 보통 1인당 푸드 마일리지 6,600톤 킬로미터도 넘게 여러 가지 식재료를 접했다. 그러다 쌀은 비싸고 귀해서 간간이 한 번, 반찬도 간단한 짠지 혹은 밀가루 음식들, 그나마 특식이라며 근처에서 자라는 나물들로 귀순이 한 번씩 만들어 주는 것 외에는 정말 끔찍했다.

"엄마, 다른 반찬 없어요?"

이 말 한마디에 길재한테 죽도록 맞은 대찬이다.

매를 든 길재는 이렇게 말했다.

"밥 있잖아, 밥! 조선 사람은 밥심으로 산다."

한국 사람들은 말도 안 되는 고봉밥을 먹고 살았다.

'이렇게는 못 살아.'

대찬은 21세기, 반찬 많이 먹는 흔한 한국인이었다.

"대짠아, 요로케 하는 거야?"

"대찬."

"응? 모라구?"

"따라 해 봐, 대찬!"

"대~찬!"

"그래, 잘했어. 내 이름이 뭐라고?"

"대짠!"

"대찬."

"대짠!"

몇 번을 반복하고 대찬은 짜증이 났다.

"수박 깨기!"

명환의 이마 정중앙에 세로로 빨간 줄이 그였다.

대찬은 명환에게 수영을 가르쳐 주고 있다.

파도에 휩쓸려 간 사건 이후로 명환은 한층 더 대찬만 쫓아다니고 대찬이 하는 모든 것을 배우고 따라 하려 했다. 그리고 곧잘 따라 했다. 그러다 보니 위험할 수 있어 직접 가르치는 게 더 좋을 것 같았다.

투명하고 속이 훤히 보이는 바다를 호기심덩어리인 명환은 그냥 넘어가지 않았다.

'저거는 모지?'

가슴께에서 초록색으로 나풀거리는 풀을 보고 한 손에 잡아 올라왔다.

"대짠아~."

해변 그늘에서 누워 있던 대찬은 심드렁하게 대답했다.

"왜?"

"내가 있짜나, 풀 주워 왔쩌."

"뭔데?"

"이거 바 바 바."

고개를 들어 봤다.
'유레카!'

"엄마!"
귀순은 집으로 달려 들어오는 아들을 마주 봤다.
"엄마, 이걸로 반찬 좀 만들어 주세요."
"에구머니나, 이게 뭐니?"
"미역이에요, 미역."
"흉측하게 못 먹는 거 가지고 장난치지 말고 저 멀리 가져
다 버려. 어떻게 미역이 그렇게 생길 수가 있어?"
귀순은 바다 무식자였다.

"대찬 이놈!"
길재는 퇴근 후에 아내에게 들은 소리에 화가 났다. 먹지
도 못하는 이상한 풀을 뜯어 와서는 미역이라고 음식을 만들
어 달라 졸랐다고 들었다.
이상한 느낌이 든 대찬은 목각 인형이 돌아가듯이 고개를
돌려 길재를 쳐다봤다.
매를 든 길재는 말했다.
"이 애비가 너한테 뭐라고 했냐?"
"네? 뭐가요……?"
"한국 사람은 밥심으로 산다!"

회초리가 대찬을 향해 날아왔다.

길재도 바다 무식자였다.

내륙 지방 사람들은 바다를 몰랐다.

"대짠아, 모 하는 고야?"

"미역 말려."

넓게 펴진 나뭇잎들 위에 미역들이 곱게 널려 있었다.

"먹는 고야?"

"……."

♠

사탕수수 농장 일은 정말 고되었다.

하루 종일 햇볕 아래에서 반복하는 노동은 사람을 지치게 했다. 하지만 그렇다고 쉴 수도 없다. 쉬었다가는 채찍이 날아왔다.

물 마시는 시간도 없었다. 그렇다고 수분을 섭취하기 위해서 사탕수수를 조금 베어 물다 걸렸다가는 구타가 이어졌다.

길재는 지금의 상황이 너무 싫었다. 달콤한 말에 속아서 하와이까지 오게 된 것도 너무 싫었고 노예 취급당하면서 사는 것도 싫었다. 그래도 조선에선 나름 뼈대 있는 가문이었다.

그런 길재의 눈에 언제부턴가 통역사가 들어오기 시작했

다.

얼굴이 하얗게 뜬 백인 관리자 옆에 붙어서 돌아다니다가 관리자가 자리를 비우면 그늘에서 쉰다. 그러면서 자신보다도 많은 월급을 받아 간다는 사실을 알게 되었다.

'영길리 말을 배워야 한다.'

시대에 순응하며 살기로 한 대찬은 점점 활동 영역을 넓혀 갔다.

오아후 섬은 제주도의 4분의 3 정도 되는 크기다. 길만 있다면 사흘에서 나흘 정도면 걸어서 다 돌아볼 수 있는 크기다.

대찬은 먼저 사탕수수 농장부터 벗어나 돌아보려 했다.

"안 된다니까!"

"대짠아~아, 며화이도 같이 가자~아."

"안 돼!"

"후에에엥."

"울어도 안 돼!"

"징짜 안 대?"

"응, 가서 순이랑 있어."

순이는 명환의 동생이다. 오아후 섬에서 태어난 갓난아기로, 명환은 대찬에게 매일 자랑을 해 댔다.

"순이는 못 논단 말이야."

"명환아, 순이는 네 동생이야."

"응!"

"그럼 네가 옆에서 지켜 줘야지."

"대짠이가 나 지껴 준 것쩌럼?"

"그렇지! 다음에 데려가 줄게!"

"후웅……. 알았쪄, 다음에 꼭 데꼬 가는 거다~?"

"그래, 다음에."

대찬은 농장에서 들었던 마을이 있다는 방향으로 걷기 시작했다.

어린아이의 잰걸음으로 한참을 걸어가자 마을이 하나 나왔다.

"뭐야!"

마을에는 빨갛게 칠해진 건물이 많았다.

'왜 차이나타운이 거기 있지?'

대찬은 농장으로 돌아온 후에 차이나타운이 있는 것에 대해서 의문이 생겼다.

현지인 마을도 아닌 차이나타운.

궁금함을 풀어 줄 사람이 필요했다.

'알고 있는 사람이 누굴까?'

농장에는 한인뿐만 아니라 중국인, 일본인, 푸에르토리코인 그리고 포르투갈인까지 굉장히 많은 나라 사람들이 섞여 있었다. 그중에 중국인이 제일 많았고 다음이 일본인, 나머지는 극소수에 불과했다.

이유가 궁금했다.

'아무래도 통역하는 사람들만 알겠지?'

통역사 중에서도 한국말을 할 줄 아는 이는 일본인과 중국인밖에 없었다.

대찬은 중국인 통역사와 대화할 기회를 노렸지만 쉽게 기회가 오지 않았다. 일단 여기저기 필요에 의해서 불려 다니는 곳이 많았고 대찬이 말을 건네도 그저 못 들은 척 지나가 버렸다.

짜증은 났지만 미래에 살던 시절에도 당연하게 미국은 백인의 국가라고만 생각했던 대찬은 차이나타운이 왜 있는지 궁금했다.

　

중국인 통역사 짱셩은 최근 무척이나 짜증이 났다.

유유자적하게 적당히 농장을 돌아보다가 통역이 필요하면 몇 마디 말만 전달해 주면 됐다. 그렇게 자유를 즐기며 농장 생활을 하고 있었다. 근래 들어 귀찮게 하는 조선인들이 생기기 전까진.

특히 길재라는 조선인은 오다가다 주워들은 말도 시간이 조금 날 때마다 자신에게 물어보는데, 짱셩은 자신의 위치에 대해서 심각한 위협을 느꼈다.

처음에는 필요한 말 몇 가지 알아 두면 자신이 편하겠다고 생각하고 알려 줬지만, 지금은 알려 주지 않고 무시하고 있었다. 그런데 어찌나 쫓아다니는지 장소를 가리지 않고 찾아오는 통에 편하게 큰일을 본 적이 언젠지 기억도 안 났다. 조금만 더 이런 상황이 지속되면 심한 변비에 시달릴 것 같았다.

신호가 급하게 온 짱셩은 오늘만은 쾌변을 이루리라 다짐을 하며 농장에서 사람의 흔적이 뜸한 화장실을 찾았다. 사람이 없는 걸 확인하고는 기분 좋게 바지를 내리며 결전의 시간을 충분히 즐기려 했다.

거사를 시작하려는 찰나.

"장 선생님."

짱셩의 이마에 힘줄이 돋았다.

"니 카오리 팡쓰."

화장실 문을 박차고 나온 짱셩은 다짜고짜 욕을 하며 문 앞에 서 있는 대찬의 뺨을 향해 손을 날렸다.

짝-.

군인 생활로 몸에 익은 반사적인 반응으로 양손을 올려 작은 손으로 짱셩의 손바닥을 막아 냈다.

짱셩은 그제야 분노로 인해 아이한테 과하게 손을 썼다고 생각했다. 그렇지만 미안하지는 않았다.

'길재의 아들.'

"흥."

콧방귀를 뀐 짱셩은 기분 나쁘다는 눈빛으로 한번 노려보고 다른 곳으로 가 버렸다. 이동하는 짱셩의 얼굴은 고소하다는 표정이었다.

얼빠진 대찬은 멍하니 보고만 있었다.

"으아아아아아악!"

손을 잡고 대찬은 악에 바친 소리를 질러 댔다.

"내 나이가 몇인데 매를 맞고 있냐!"

해변에서 대찬은 발광하고 있었다. 이 시대에 오기 전에 20대 후반으로 아주 신체 건강한 청년이었다. 다만 여기로 와서는 조그만 꼬맹이가 되어 버렸고 대찬의 상식은 이곳에서의 상식과 맞지 않아 그에 따른 부작용으로 매를 꽤 맞았다.

"짱꼴라! 짱깨 새끼! 복수할 거야!"

대찬은 해변에서 복수를 울부짖었다.

결국 대찬은 알고 싶은 것에 대해 알 수 없었다.

주한 미국 공사 알렌H. N. Allen은 휴가차 1901년 하와이에
방문했고 이때 농장주들을 만나 노동자 수급의 긴급성을 이
야기하다 조선인들을 추천하였다. 이윽고 노동자들의 부탁
에 대한제국 황제인 고종 황제를 알현했고 고종 황제는 전혀
예기치도 않았던 이민 문제를 민생고를 해결하기 위해서 승
낙하였다.

알렌은 조선인 이민의 모집인으로 데슬러D. W. Deshler를 선
정하였다.

정인수는 조선인 통역사였다.

미국에 가서 성공하겠다는 부푼 꿈을 갖고 평양에 있는
하드 러닝 클럽hard learning club으로 찾아가 영어 선생 최영화
에게 영어를 배우고 싶다고 말했다. 그런데 최영화는 정인
수에게 입술이 두꺼워 영어로 말하는 것이 불가능하다고
했다.

사실 정인수의 입술은 두껍지 않았다. 정인수는 농담 섞인
말에 실망하지 않고 오히려 최영화보다 영어를 더 잘하리라
결심했다. 그리고 결국 미국인 기술자들의 보조 노릇을 하며
최영화보다 더 뛰어난 영어 실력을 갖게 되었다.

영어를 배운 후에 우연한 기회에 미국인인 데슬러를 만나
게 되었고 동서개발회사East-West Development에서 운영하는 노

동 이민자 모집에 통역으로 일하게 되었다.

데슬러는 제물포 지역 선교사인 존스(H. G. Jones, 趙元時)와 또 다른 통역사 현순의 도움을 받아 이민자를 모집했다.

한동안 농장에 조선인 노동자들이 오지 않았다. 그러다 몇 개월쯤 지났을까, 다시 호놀룰루에 일본호가 들어오기 시작하면서 조선인 노동자들이 호놀룰루를 거쳐 오아후 섬으로 속속 들어오기 시작했다. 여기에는 정인수도 함께였다.

대찬은 하루하루가 너무 길었다. 삶의 목적도 목표도 없었고 현실에 적응했다지만 여전히 고역인 나날들이었다.

야자나무 두 그루에 해먹을 걸어 놓고 대찬은 축 늘어진 채로 흔들거리며 오아후 섬의 바닷바람을 즐기고 있었다.

"넌 이름이 뭐니?"

살짝 실눈을 만들고 쳐다보니 조선인에게는 흔하지 않은 짧은 머리에 서양식 복장을 갖춘 청년이 질문을 던지고 있었다.

해먹에서 자세를 바로잡고 앉은 자세로 올려다보며 대답했다.

"대찬이요, 강대찬."

"그래, 강대찬, 여기서 뭐 하고 있는 거야?"

"할 일이 없어요."

"왜 할 일이 없어? 친구들하고 같이 놀면 되지 않아?"

"재미없어요."

"그럼 학교에서 배운 것을 공부하면 되지."

"학교는 아직 나이가 안 되어서 갈 수 없어요."

인수는 깜짝 놀라서 물었다.

"나이가 안 된다고? 너 지금 몇 살이니?"

"네 살이에요."

"허, 네 살치고는 덩치가 또래보다 크구나!"

대찬은 최근 식사 외도를 하고 있는 참이었다. 고봉밥에 짠지는 그에게 고역이었다. 그래서 집에선 밥만 조금 먹고 나머지는 바다에서 물고기나 조개 등을 잡아서 반찬에 대한 욕구를 해결했다.

가끔 운이 좋은 날에는 전복, 해삼, 아주 큰 새우를 잡아 먹었다. 그런 원활한 영양소 공급은 대찬의 몸을 또래보다 크게 해 줬다.

인수는 문득 드는 생각이 있었다.

"그래, 대찬아, 너 혹시 영길리 말 배울 생각 없니?"

대찬의 눈이 번쩍 뜨였다. 평소에 바라던 일이었다.

"네, 꼭 배우고 싶어요!"

모큘레이아 사탕수수 농장은 짱성을 대신해서 정인수가 통역을 담당하게 되었다. 그러면서 조선인들의 대우가 조금은 달라졌다. 첫째로 농장의 반수 이상이 조선인들이었고, 둘째로 통역사가 조선인이라 조선인의 입장에서 말했던 것이다.

정인수의 옆에는 항상 대찬이 따라다녔는데, 거기에 하나 더해 명환도 항상 대찬을 쫓아다녔다.

인수는 대찬을 데리고 다니면서 만족스러웠다. 가르쳐 주지도 않은 단어를 알고 말해서 가끔은 깜짝깜짝 놀라곤 했다. 다만 저속하거나 경망스러운 말, 시대에 맞지 않는 말들을 해서 혼내곤 했다. 하지만 빠르게 습득하는 대찬을 보며 천재가 아닐까 생각했다.

"에이, 뷔, 씨, 디."

해변 아지트에서 명환은 작은 나무 막대기를 하나 들고 바닥에 써 가며 입으로 읊조리고 있었고 대찬은 영어로 된 책을 읽고 있었다.

"에이 씨, 이게 글자 맞아?"

책은 필사본으로 특유의 휘갈겨진 글씨들이 빼곡히 박혀 있었다. 그렇다 보니 대찬은 도저히 알아볼 수 없었기에 바닥에 똑같이 그려 보며 철자를 유추하고 있었다.

"어?"

명환은 외마디 말과 함께 하늘을 바라보았다.

"뭔데?"

대찬도 똑같이 하늘을 바라봤다.

"······."

"아, 뭔데?"

대찬은 명환을 쳐다보며 물었다.

"······."

여전히 명환은 하늘을 바라보았다. 그러자 대찬도 똑같이
하늘을 쳐다봤다.

"······."

"뭐냐니까?"

그제야 명환은 코를 한번 훌쩍이며 대찬에게 얘기했다.

"응, 그게······."

"뭐, 뭐, 뭔데?"

"코피 났쪄."

"······."

배가 호놀룰루에 입항하면 배에 타고 있는 사람을 시작으
로 여러 가지 물품들이 오갔는데, 고국에서 오는 편지는 그
리 흔한 물건이 아니었다.

아메리칸
드림

편지는 호놀룰루를 거쳐 다시 모큘레이아까지 들어갔다.

인수는 영어를 했기에 항상 제일 먼저 편지를 건네받고 주인을 찾아 주는 역할까지 했다.

이번에 받아 본 편지의 주인은 강길재라고 쓰여 있었다.

"길재 형님, 계십니까?"

천막집 밖에서 길재를 찾았다.

참으로 볼품없고 보기 좋지 않았다. 인수는 조국에서 서른 칸 정도 되는 집에서 살던 종갓집의 자손이 이런 곳에서 지낸다는 것이 참으로 황당했다. 더불어 지금 조선, 아니 대한제국의 상황이 속상했다.

부스럭거리며 천막이 올라가며 길재가 반갑게 인수를 맞이했다.

"인수, 자네 왔는가?"

"예, 형님, 이거 받으세요."

인수는 조심스럽게 편지를 건네주었다.

길재는 조용한 곳에서 흐느끼고 있었다.

고향에서 온 편지, 눈물이 안 날 수가 없다.

아들아, 내가 듣기로 외국인들은 쌀을 먹지 않는다더구나. 사람이 하루에 세끼 밥을 먹지 않고 어떻게 살 수 있는지 나는 도무지 상상할 수가 없다. 나는 네가 밀가루로 만든 빵을 먹고 얼마나 배가 고플까 생각하면, 먹지도 자지도 못한다. 혹시 재미 삼아서라도 외국 옷은 입지 마라. 꽉 끼는 검은 바지를 입은 외국인들을 보면 마치 한 쌍의 걸어 다니는 말뚝 같아 정말 흉하다.

아들아, 내가 듣기로 외국에 나간 한국의 젊은이들이 우리의 긴 담뱃대 대신 궐련을 피우고, 상투와 아름다운 조선 의상과 크기가 다양한 갓을 경멸하며 외국 옷을 입는 나쁜 습관에 물든다더구나. 나는 왜 이러한 심적인 변화가 일어나는지, 조선인들이 외국에 나가면 외국인들이 그런 변화를 획책하기 위해 어떤 약을 준다고밖에 생각할 수가 없구나. 의상의 아름다움이 그들의 자존심을 손상시키기 때문에 그들이 자기네 의복을 채택하기를 바라는 건 당연해 보인다.

나는 많은 외국인들이 평생 결혼을 하지 않고 독신으로 늙는다고 들었다. 이상할 것이 하나도 없구나. 어떤 여자가 그렇게 추하게 옷을 입은 사람과 결혼하겠니? 어느 날 강계 지방에서 외국인 신사가 너의 아버지를 찾아왔었다. 그는 우리의 사진을 찍고 싶어 했다. 너의 아버지가 그러자고 우겨 나는 사진을 찍는 데에 동의했다. 그런데 글쎄, 그 외국인이 나를 보더니 손을 내밀고 악수를 하자고 하지 않겠니? 나는 대경실색하여 사진이고 뭐고 걸음아 날 살려라 하고 그 건물에서 나와 버렸지. 그 후 나는 나흘 동안이나 아팠단다.

내 아들아, 이 모든 것을 잊지 마라. 제발 마음을 변하게 하

는 약을 받아먹지 말고, 너의 취향과 복장을 그대로 유지한 채
하루빨리 돌아오기를 바란다.

힘들게 이어 나가고 있는 생활에 마음은 어서 빨리 고국으
로 돌아가자고 수십 번이고 다짐했으나 돌아가서 살길이 막
막했다. 그나마 하와이에는 일자리라도 있다. 하지만 돌아가
면 먹고살 걱정이 들어 돌아가지 못하고 있었다.

"돌아가고 싶다."

길재는 마음속에 있는 말을 힘겹게 내뱉고는 고향 생각에
빠졌다.

대찬은 귀순 몰래 반짇고리에서 가장 큰 바늘을 꺼내서 우
그러트려 낚싯바늘로 썼고 조선에서 가져온 무명을 살살 풀
어 꼬아 제법 튼튼하고 긴 줄을 만들었다.

낚시는 간단했다. 근해에 물고기가 상당히 많아서 낚싯줄
을 던지기가 무섭게 물고기가 올라왔다.

해변 바로 옆엔 야트막한 절벽이 있다. 대찬은 항상 여기
서 낚시를 했고 해먹이 걸려 있는 해변 아지트가 아니면 항
상 이곳에 대찬이 있다는 걸 명환은 알고 있었다.

"대짠아, 같이 놀자."

명환은 돼지 오줌보로 만든 공을 한 손으로 감싸 안고 있었다. 요즘 명환은 신세계를 경험하고 있었다. 조그만 돌로 공기놀이를 하거나 비석 치기, 자치기만 하다가 대찬이 중국인 마을에 가서 운 좋게 주워 온 돼지 오줌보로 만든 공으로 그가 말한 축구라는 놀이를 하게 된 것이다.

낚싯줄과 명환을 한 번씩 번갈아 보던 대찬은 한숨을 내쉬며 일어날 수밖에 없었다. 명환의 말을 들어주지 않으면 옆에서 계속 칭얼거릴 게 불 보듯 뻔했다.

"알았어, 잠깐만."

아직 물고기가 물지 않은 줄은 옆에 있는 야자나무에 단단히 묶었다.

"가자!"

태평양의 전형적인 아름다운 해변은 선을 따라 아주 곧고 길게 뻗어 있다. 중간에 간간이 서 있는 야자나무는 골대로 쓰기 더없이 훌륭했다.

"대찬이 막아!"

투박한 공을 발로 요리저리 굴리며 상대방 골대를 향해 나아갔다. 대찬은 TV에서 보고 군대에서 몸에 익힌 기술들로 무장했기에 지금의 애들은 실력에서 따라올 수 없었다.

'왼쪽에서 오니까 오른발 아웃 프론트로 드리블!'

대찬의 시야 왼쪽에서 다가오던 준명은 분했다. 자신이 대찬보다 한 살이나 더 많은데 자신보다 덩치가 큰 것에 한 번

분했고, 축구를 시작하고 대찬에게 공만 가면 공을 뺏을 수 없는 것에 두 번 분했다. 공을 차지하기 위해 열심히 발을 놀려 봤지만 공에는 닿지 않았다.

어깨로 준명을 견제하던 대찬은 골대가 가까워지자 지체 없이 공의 한가운데를 발로 찼다.

뻥 소리와 함께 정해 놓은 골대로 쏙 들어갔다.

"우와아아아아!"

뒤에서 신나게 대찬을 쫓아가던 명환은 기쁜 표정으로 환하게 웃었고 반대로 상대편은 침울했다.

"에이, 안 할래, 대찬이 너무 잘해!"

삐친 준명은 획 돌아서서 가려고 했다.

"아이 참, 왜 그래? 그럼 편 바꿔서 하자."

대찬이 준명을 몇 번 설득하자 그는 마지못해 대찬과 같은 편이 되었다.

"명환이 네가 저쪽 편에 가서 해."

"응."

힘차게 고개를 끄덕이며 명환은 상대편에서 뛰게 되었다.

대찬은 너무 잘하면 아이들이 삐칠 수 있음을 느끼고 느슨하게 뛰었지만 어느 순간 대찬 없이도 준명으로 인해서 압도적으로 이기게 되었는데, 바로 준명의 실력이 잠깐 사이에 부쩍 늘었기 때문이다.

준명은 대찬과 같은 편이 되자 뒤에서 가만히 지켜보기만 했다. 대찬의 발이 어떻게 움직이는지 상대가 공을 뺏으려 하면 어떻게 행동하는지 보다가 공을 잡으면 하나둘씩 직접 해 보기 시작했다.

상대방의 먼 곳으로 공을 보내서 그쪽 발로 전진한다.

정면으로 오면 가랑이 사이로 공을 보내고 재빨리 뛰어가서 공을 간수한다.

여러 명에게 둘러싸이면 동료에게 공을 보낸다.

득점할 수 있는 기회가 오면 무조건 공을 찬다.

지기 싫어하는 승부욕 덕분에 준명은 빠르게 실력을 늘려 갔다.

"우와아, 준명이 잘한다."

아이들이 칭찬을 하자 준명은 으쓱한 기분을 마음껏 뽐냈다.

"후에엥, 대짠아, 나 안 할래, 준맹이 너무 잘해."

"……."

한참 공놀이를 하다가 대찬은 야자수에 묶어 놓은 낚싯줄이 생각났다. 부랴부랴 절벽을 가 보니 줄이 팽팽하게 당겨져 있는 것이 꽤 묵직한 게 문 것 같았다.

"잡혔쩌?"

"응, 잡은 것 같아."

"와! 저번에 먹은 큰 다랑어였으면 좋겠다! 맛있었는데!"

아메리칸
드림

익숙한 듯 다랑어를 외치는 명환은 이전에 대찬이 잡은 다랑어를 생각했다.

대찬은 딱 한 번 다랑어를 잡은 적이 있었다. 연안에서도 잡히는 가다랑어로, 미래에서는 통조림 그리고 가다랑어포로 많이 유통된다.

둘은 불에 구워 먹었는데, 아주 맛있게 먹었기에 명환은 좋은 기억을 갖고 있었다.

"어디 볼까?"

줄은 마치 돌을 달아 놓은 것처럼 굉장히 무거웠다. 한참을 끙끙대다 올려 보니 대찬은 상상도 하지 못할 자태가 수면에 살짝 내비쳤다.

"괴, 괴물이다!"

명환은 놀라 자빠졌다.

"어른들 모셔 와야겠다."

"아버지!"

집에 도착한 대찬은 다짜고짜 길재부터 찾았다.

"이놈, 왜 이리 요란이냐?"

"아버지, 저 좀 도와주세요!"

"무슨 말본새가 그러냐, 앞뒤 다 어디다가 잘라 먹고, 누가 쫓아오기라도 하는 거냐?"

"큰 물고기를 잡았어요. 제 힘으로 어쩔 수가 없어요. 물 밖으로 끌어내게 도와주세요."

"그래? 그럼 가 보자."

길재가 줄이 걸려 있는 절벽에 도착해 줄을 잡아당기자 어른 키보다도 더 큰 생선 한 마리가 줄에 걸려 있었다.

"허, 저게 물고기라고? 이런 괴사가 있나! 내 평생 저런 물고기가 있다는 사실을 들어 본 적도 없다."

"안 돼요! 저게 얼마나 맛있고 귀한 물고기인데요. 아버지, 저 한 번만 믿고 저것 좀 꺼내 주세요. 부탁드려요."

아들의 부탁에 길재는 속는 셈 치고 한번 도와줘도 되겠다는 생각을 했다. 말실수를 하고 조금은 경솔하지만 영특한 아들이 이렇게 떼를 쓰는 이유가 있을 것이라고 생각했다.

문제는 어떻게 저 무거운 물고기를 뭍으로 끌어내느냐.

"아들아, 가서 인수를 불러와라."

대찬은 말이 떨어지기 무섭게 인수를 찾아 달렸다.

인수는 도착하자 줄에 걸려 있는 물고기부터 확인했다.

"옐로핀!"

"자네, 이게 뭔지 아는가?"

"귀한 물고기입니다. 저 멀리 깊은 바다에서만 잡히는 놈인데, 대찬이가 운이 좋은가 봅니다."

사실 인수도 황다랑어를 보기는 처음이었다. 책에서 묘사되어 있는 것이 인상적이어서 기억을 했는데, 허풍이라고 생각했던 책이 오히려 실제보다 더 작게 표현했다고 느꼈다.

두 사람은 줄을 풀어 해변으로 이동하기 시작했다. 뭍으로 옮기고 나서 보니 사람 키보다 기다란 몸체는 물속에서 본 것보다 훨씬 크고 멋있었다.

"우와!"

뭍으로 나온 큰 다랑어를 명환은 콕콕 찔러 보았다.

현실

　니시무라는 일본에서 초밥을 배우던 수련생이었다. 오랫동안 최고의 초밥을 만들겠다고 정진했고 어린 나이부터 열심히 노력한 결과 스승께 인정받아 독립하여 자신의 이름을 건 초밥집을 운영했다.

　하지만 초밥을 파는 수많은 가게들 사이에서 성공적으로 매장을 운영하지 못했고 패업하게 되었다. 결국 돈을 벌기 위해 하와이로 향하는 일본호에 올랐다.

　농장 일은 힘들고 고단하였으나 높은 인건비로 충분히 보상을 해 주고 있었다.

　일을 마치고 집으로 돌아가는 길. 평소라면 다른 길을 택했겠지만 고향 바다가 생각이 날 때면 해변으로 잠깐 돌아가는 길을 선택했다. 그런 그의 눈에 들어오는 것이 있었다.

'키하다!'

늠름한 자태의 황다랑어가 눈에 박혔다.

"여보시오."

짧은 머리에 서양식 복장의 일본인이 영어로 말을 걸었다.

"무슨 일이오?"

"혹시 그 생선을 나에게 팔지 않겠소?"

"팔 게 아니오."

대찬의 눈에 이채가 어렸다.

"아버지, 이 물고기를 제 마음대로 해도 될까요?"

탐탁지 않아 했던 길재는 긍정의 표시로 고개를 끄덕였다.

"얼마를 주실 건데요?"

"얼마를 주면 나에게 넘기겠소?"

대찬은 작은 손으로 다랑어의 아가미 뒤쪽부터 딱 가운데까지 경계선을 그으며 말했다.

"딱 이만큼의 한쪽 면만 빼고 1달러!"

니시무라는 단번에 그러자고 수락했다. 황다랑어의 가치는 그것보다 더 비싸다고 생각했기에 속으로 희희낙락했다.

"그럼 잠시만 기다려 주시오."

얼마나 급했는지 땀을 뻘뻘 흘리며 집에 갔다 온 니시무라는 곧바로 1달러를 건네줬고 약속대로 대찬이 원하는 부위를 회칼로 잘라 줬다.

기뻐하며 떠나는 니시무라를 보고 길재는 말했다.

"별 쓸모없는 물고기를 큰돈을 주고 사가는구나."

조선인들에게는 다랑어는 그저 괴어일 뿐이었다.

다 같이 집에 도착해서 화로에 숯을 넣고 다랑어를 먹기 좋게 잘라 구웠다.

숯불에 닿자 기름기가 자글자글 올라오며 고소한 향기를 풍기기 시작했다.

"꿀꺽."

생각보다 좋은 냄새에 길재는 침을 삼켰다. 그리고 바로 한 점 가져다 입에 넣었다.

길재의 눈에 물기가 돌았다.

"내 평생 이렇게 맛있는 음식이 있는지 몰랐다."

대찬은 오늘도 해변에 가기 위해 집 밖으로 나섰다.

"어머, 우리 아들이 글쎄……."

귀순과 목포댁의 목소리가 들렸다.

"그러니까 우리 아들이 글쎄 바다에서 낚시를 했는데, 사람 키보다 더 큰 물고기를 잡았어! 근데 맛이 얼마나 좋던지! 아, 참, 그리고 비밀인데 그걸 팔아서 자그마치 1달러나……."

니시무라는 대찬에게 황다랑어를 사서 집으로 돌아가기 전 손질부터 했다. 아가미에 상처를 내서 피를 뺀 다음 배를 가르고 내장을 꺼내 해체 작업을 하다가 한 가지 특이한 것을 보았다.

다랑어의 식도 쪽에 물고기가 걸려 있었다. 그리고 그 물고기는 바늘을 물고 있었다.

'운이 좋았다. 그런데 다음 키하다는 보기 힘들겠군.'

부위별로 알맞게 손질한 다음 가져온 손수레에 담았다. 그는 실력 발휘를 할 수 있다는 들뜬 마음으로 마을로 향했다.

1달러에 산 황다랑어는 여러 가지 종류의 음식으로 만들어져 판매되었다. 쓸모없는 부분으로는 국물을 우려내 라면을, 가장 맛이 좋은 부분으로는 초밥을 만들었다. 그리고 조금 떨어지는 부분으로는 구이를 만들어서 팔았는데, 물건은 그날 동이 났다.

고향 생각이 났는지 내일도 오겠다고 한 손님들이 많았다. 니시무라는 적성에도 맞고 돈도 잘 벌 수 있는 이 일을 계속하고 싶었다.

'내일 조선인들을 찾아가 봐야겠다.'

황다랑어를 잡음으로써 1달러를 번 대찬이는 그 돈을 만져 보지도 못했다.

길재가 말하길.

"신체발부身體髮膚 수지부모受之父母."

그 두 마디로 이야기는 끝났고 대찬은 잃어버린 낚싯바늘만 사 달라고 하소연하여 간신히 새 바늘을 얻을 수 있었다.

"내 돈!"

억울하지만 이렇게 될 것을 예상을 했기에 푸념만 했다.

새로 생긴 바늘은 크고 두꺼웠으며 단단해 보였다. 아마도 큰 황다랑어를 잡았으면 하는 길재의 바람이리라. 그렇지만 바늘이 커서 오히려 작은 물고기는 더 잡기 힘들었다.

"어른들은 어디 계시니?"

낚시를 하던 대찬을 본 니시무라는 어른들을 찾았다.

영어로 묻는 소리에 뒤를 돌아보니 다랑어를 사 간 일본인이었다.

'예감 좋고!'

"무슨 일이신데요?"

"물고기 때문에 그런단다."

"물고기요? 저한테 이야기하세요. 그때 그 옐로핀도 내가 잡았어요."

"하하, 그래, 훌륭한 솜씨구나. 그럼 어른들에게 내 말을 전해 다오. 그 녀석을 다시 잡거든 나에게 팔아 달라고."

"헤헤, 다른 건 안 필요하세요? 예를 들어, 오징어나 전복, 성게, 스킵잭 이런 거요?"

"호오, 그런 건 어떻게 아는 거지? 물론 필요하단다. 그런 것들도 물건이 좋으면 값을 잘 치러 줄 테니 내게 가져다 달라 전해 다오."

"네, 알겠어요."

니시무라는 기분 좋은 발걸음으로 휙휙 멀어져 갔다.

다랑어의 습성은 먹고 헤엄치고 일광욕하고 다시 먹는 것의 반복이다. 해수면 가까이에 올라와 몸의 온도를 높이기 때문에 하얀 포말이 주변에 일어나면 그곳은 다랑어가 있는 것이다.

"좋아, 가까이 왔어!"

잘게 조각내 놓은 문어를 절벽 가까운 곳에 뿌리고 미끼를 건 낚싯줄을 내렸다.

물에 내리기가 무섭게 입질이 왔다.

줄의 당김으로 물었다는 느낌이 들자 대찬은 바로 잡아당겼다. 순간 줄이 팽팽해지면서 무거운 무게가 느껴졌다.

힘들게 끙끙대며 줄을 올리자, 제법 큰 가다랑어가 올라왔다.

'흩어지기 전에 한 번 더!'

이번에는 미끼 없이 줄을 던지고 날카롭게 잡아당겼다.

휙.

다랑어는 떼로 움직이기 때문에 미끼가 필요 없을 거라 생각했다. 줄을 넣어 잡아당기자 예상대로 한 마리 더 올라왔다.

하얀 포말을 일으키던 바다가 잠잠해지기 시작했고 이내 투명한 바닷속으로 다랑어 떼가 떠나는 모습이 보였다.

저편에서 상어 지느러미가 보였다.

"에이, 끝났네."

더 이상 낚시를 포기한 대찬은 가다랑어 두 마리를 아가미 사이로 줄을 엮어 목에 걸었다.

다음으로 들른 곳은 바다와 절벽 사이 연못처럼 얕은 웅덩이가 있는 곳이었다.

이런저런 것들을 많이 잡았을 때 이곳에 풀어 놓고는 했다. 특히 조개류를 많이 풀어 놔서인지 간간이 꼬이는 문어가 많았다. 문어와 제법 큰 전복을 챙겨서 니시무라를 찾아 일본인 마을로 향했다.

일본인들의 마을은 건물들이 하나같이 어설프게나마 일본 가옥의 형태를 갖추고 있었다. 조선인들보다 이주가 빨랐기 때문에 아직까지 그 숫자가 조선인보다 많았는데, 대찬이 마을에 들어가자 손가락질을 하며 자기네들끼리 수군거리기 바빴다.

똑똑.

들려오는 답변은 일본어였다. 말이 없자 누군가 문을 열고 나왔다.

"어, 너는?"

니시무라의 눈에 가다랑어가 들어왔다.

"헥헥, 힘들어요. 이것 좀 받아 주세요."

가쁜 숨을 몰아쉬는 대찬의 목에서 가다랑어를 들어 주었는데 무게가 꽤 나갔다.

"이게 다 뭐냐?"

"이것들 구한다면서요."

대찬이 양손의 전복과 문어를 들어 보여 줬다.

니시무라와 협상해서 대찬은 12센트를 벌었다.

'그렇게 힘들게 갖다 팔았더니 고작 12센트라니.'

황다랑어의 환상으로 가다랑어도 값을 많이 쳐줄 거라 생각했지만, 니시무라에게 들은 바로는 근해에서 많이 잡히기 때문에 횟감용이 아니었으면 이것보다 더 못 받았을 거라고 했다.

몇 번 낚시를 해서 니시무라에게 팔았는데, 어느새 소문이 나기 시작했다.

아메리칸
드림

"물고기를 낚아다 팔면 돈이 된대!"

"그 물고기가 그렇게 맛이 좋대!"

바다는 돈이 된다는 인식이 퍼지면서 조선인만 아니라 일본인들에게까지 낚시 열풍이 불기 시작했다.

대찬이 낚시하던 절벽에 처음에는 몇몇 사람들만 와서 지켜보고 갔다. 방법을 몰랐던 것이다. 그러다 며칠 지나지 않아 사람들이 큰 바늘과 낚싯줄을 구해 대찬의 옆에서 낚시를 하기 시작했다.

그러자 물고깃값은 폭락했다.

해변 해먹에서는 대찬이 축 늘어져 있었다.

"대짠아, 뭐 해?"

대찬은 힐끔 쳐다보고는 고개를 돌려 버렸다.

"나도 이거 잡았쩌!"

의기양양하게 말하는 명환의 손에는 가다랑어가 들려 있었다.

"망했어!"

대찬은 절규했다.

대찬은 최근 모아 둔 돈을 다시 한 번 세 보는 일에 재미를 붙였다. 집에 아무도 없을 때 돈을 숨겨 둔 곳에서 조심스럽게 꺼내 잘 있는지 확인하곤 했다.

"1센트, 5센트, 7센트…… 좋아, 1달러 22센트."

싸늘한 뒤통수가 이상해 뒤를 돌아보았다. 흠칫 놀라 쳐다보니 뒤에서 귀순이 고리눈을 뜨고 있었다.

대찬은 해변에 앉아서 지는 석양을 우수에 찬 눈으로 바라보고 있었다.

"참참, 대짠아."

반응이 없었다.

"참참, 이거 먹어. 너희 엄마가 사 줬떠."

대찬의 목뒤에서 손이 불쑥 들어왔는데, 손에는 기다란 엿이 들려 있었다.

"엿……."

"응, 엿장수 아저씨가 커다란 빅 엿이랬쪄."

물고기 열풍은 한순간의 일이었지만 사람들은 여전히 낚시를 했다. 먹을 수 있는 반찬이 생기고 운이 좋으면 돈도 생기니 시간이 나면 꾸준히 했다.

"에휴, 이제 어떻게 먹고살지?"

가지고 있던 돈을 귀순에게 다 뺏겼다. 돈이 없다는 박탈감은 대찬을 힘 빠지게 했다.

'바다나 가자.'

터벅터벅 걸으며 바다로 향하던 대찬은 한 가지 물건을 보고 새로운 생각을 떠올렸다.

'드럼통!'

"엄마!"

왔던 길을 되돌아 귀순에게 갔다.

"어머니, 소자 어머니께 드릴 말씀이 있습니다."

평소와 다른 말투에 귀순은 흥미와 궁금증을 느꼈다.

"말해 봐라."

"소자 갖고 싶은 물건이 있는데, 하나만 사 주시면 안 되겠습니까?"

"그것이 무엇이냐?"

"드럼통이라 하옵니다."

"드럼통이 무엇이고 왜 필요한 것이냐?"

"커다란 쇠 통입니다. 묻지 마시고 하나만 사 주십시오."

귀순은 느낌이 왔다. 아들은 돈 버는 재주가 있었다.

"5할."

"엄마, 그게…….”

"5할!"

"네……에."

해변의 해먹 아지트까지 드럼통을 굴려서 가져온 대찬은 옆으로 돌을 쌓아 그 위에 눕혀 올리고 속을 깨끗이 씻었다. 그다음 장작을 가져와 잘게 자르고 드럼통 밑바닥에 깐 뒤 기다란 나무로 중간에 평평한 층을 만들었다.

"다음은 낚시!"

바다에 나가 가다랑어 몇 마리를 잡아 온 대찬은 살을 바르고 바닷물을 조금 뿌린 후 드럼통 속 평평한 곳에 깔았다. 그리고 뚜껑을 닫은 다음 드럼통 밑에 불을 피웠다.

한 시간쯤 지나 훈제된 가다랑어를 꺼내 햇볕에 말렸다.

"이러면 가다랑어포!"

니시무라를 만나러 갈 차례였다.

물고기를 공급하는 사람들이 많아지자 니시무라는 농장 일 대신 식당을 전업으로 하기 시작했다. 오아후 섬에 하나밖에 없는 일본식 식당은 언제나 일본 사람들로 만원을 이뤘다.

"니시무라 씨!"

"오, 대찬 군!"

다시 일을 할 수 있게 만들어 준 대찬은 국적을 떠나 반가운 사람이었다.

대찬은 신문지 뭉텅이를 보여 주며 까기 시작했다.

"가쓰오부시!"

다음 날 니시무라의 식당에는 음식이 하나 늘었다.

가다랑어포 사업은 순조롭게 이루어져 갔다. 니시무라의 식당만 아니라 일반 수요자도 많아지자 대찬 혼자서는 감당할 수 없는 지경이 됐다.

일이 커지게 되자 귀순이 대찬의 일에 동참하게 됐고, 귀순은 동네 아낙들까지 참가시켜 낚시와 훈제하는 일을 분업화하게 됐다.

"대찬아, 저기 온다."

준명이 대찬에게 바다 한가운데를 손가락으로 가리켰다.

하늘에는 새들이 배회하고 수면 위로는 하얀 포말을 일어나는 것이 누가 봐도 다랑어 떼임을 확신할 수 있었다.

"밑밥 뿌려!"

대찬의 지시에 잘게 자른 문어나 물고기 내장 따위가 바다에 뿌려졌다.

포말들이 점점 절벽에 가까워졌다.

"지금!"

열댓 명의 아이들은 일제히 바늘을 바다에 던졌다. 낚싯줄 끝에는 탄성이 좋아 잘 휘는 대나무가 대를 이루고 있었다.

물고기 떼가 가까이 오면 바늘에 한 마리씩 바로바로 걸리기 때문에 미끼가 따로 필요 없었다.

들어 올리고 물면 그대로 잡아당겨 뒤로 던진다. 그러면 뒤에서는 대기하는 몇 명이 물고기에서 바늘을 빼는 작업을 했다. 중간에 물고기가 떠나지 않게 미끼를 뿌리는 역할은 따로 있다.

이 과정을 거쳐 물고기를 잡았는데, 많이 잡을 때는 수백 마리를 짧은 시간에 잡았다.

이 물고기를 수레에 담아 귀순에게 가져다주면 곧 훈제할 준비를 했다. 대찬의 의견으로 총 세 가지 맛으로 만들었는데, 바닷물에 담가 훈제한 소금 맛과 간장을 조려 발라 만든 간장 맛 그리고 고추장을 발라 만든 고추장 맛이 그것이다. 일반 수요자가 많아진 것도 이 때문이었다.

처음 대찬이 이런 다른 맛을 만들자는 의견을 내자 귀순은 쓸모없는 짓이라고 구박했으나 일단 만들어진 간장과 고추장 가다랑어포 맛을 보자 고개를 끄덕이며 대찬을 칭찬하기 바빴다. 이렇게 훈제한 가다랑어포를 햇볕이 좋을 때 하루 바싹 말려 다음 날 팔았다.

물건을 대량으로 파는 곳이 생기자 장사꾼들이 생겨났고 알음알음 소문이 나서 오아후 섬 전역에 가다랑어포를 모르는 사람이 없었다.

사업이 커졌다. 대찬이 벌어들이는 하루 수입은 12달러 정도였다. 일당으로 주는 돈을 제외하고 평균 3달러 정도 수익이 생겼는데, 많을 때는 7달러까지 늘어났다.

그렇게 두 달이 지나자 귀순에게 절반을 떼어 주고도 2백 달러 가까이 모았다.

◆

사탕수수밭은 아주 넓다. 육안으로 확인이 안 될 정도로

꼿꼿이 서 있는 수수들은 사람을 질리게 한다.

길재는 허리를 숙여 가며 낫으로 사탕수수를 베는 반복적인 노동을 몇 날 며칠이고 계속해 왔다.

대부분이 조선식 복장인데 가만히 지켜보고 있으면 참 어색한 모습임을 느낄 수 있었다. 옷은 하얀색으로 아주 깔끔한 복장인데 입고 있는 사람들은 구정물이 줄줄 흐르는 상황이었다.

뙤약볕 아래서 얼마나 일하고 있었을까, 어디선가 신음 소리가 들렸다.

신음을 흘리는 건 김 씨였다.

순박하고 일 열심히 하는 사람. 그것이 김 씨에 대한 평가였는데, 얼마 전부턴가 배가 아프다고 했다. 대수롭지 않게 넘어갔는데 오늘은 식은땀까지 줄줄 흘리며 안색이 파리해졌다.

"김 씨, 왜 그래?"

"으, 으."

답도 못 하고 식은땀만 흘리자 길재는 주변의 몇몇과 함께 김 씨를 업고 의사에게로 달렸다.

"급성 맹장염입니다. 참기 힘들었을 텐데. 아무튼 어서 수술해야 합니다. 간호사, 수술 준비해 주세요."

영어로 된 대화에 눈만 끔뻑대던 주변 사람들은 길재에게 무슨 일인지 물어봤고 몸에 칼을 대야 한다는 이야기를 듣자

분기탱천했다.

"사람 몸에 칼을 대고 어찌 살 수 있을 거라고 생각하시오?"

사람들은 주위 사람들에게 알리기 위해 달음박질을 쳤다.

수술 준비가 끝나고 의사는 칼을 들었다. 그때 뜻하지 않은 이들이 나타났다.

조선인들이었다.

이들은 다 몽둥이를 하나씩 들고 있었는데, 들고 있던 물건으로 의사와 간호사들을 냅다 두들겨 패기 시작했다.

한참을 폭행하더니만 김 씨를 데리고 김 씨의 집으로 갔다.

다음 날 김 씨의 부고 소식이 들렸다.

김 씨가 죽자 조선 사람들이 제일 먼저 한 건 상여 비슷한 물건을 만드는 일이었다.

하얀 상복을 입고 남자들이 상여를 들쳐 메자 그 뒤로 아낙들이 따랐다.

"이제 가면 언제 오나~. 어~ 허노 어~ 허노 어~ 허노야 어~ 허네……."

울음소리와 장송곡이 주변을 메웠다.

길재는 이 모든 것이 꿈이 아닐까 싶었다.

서양 의술과 동양 의술의 차이를 알고 생활 습관도 조금 바꿔야 한다.

"꿈에서 깨어야 한다."

길재와 인수는 사탕수수 농장이 문을 닫음으로써 실업자가 되었다.

사탕수수라는 작물은 지력을 많이 먹어서 한곳에서 몇 년 동안 심으면 자리를 옮겨 다른 곳에 다시 농장을 차려야 된다.

이미 모쿨레이아에선 몇 년을 길러서 잘 자라지 않았다. 그래서 농장은 다른 곳으로 옮긴다고 했는데, 오아후 섬이 아닌 다른 곳이라고 했다.

일이 없어진 자들은 근처의 다른 사탕수수 농장이나 파인애플 농장에 취업했는데, 둘은 농장 일이 아닌 다른 일을 할 마음을 먹었다.

대찬은 요즘 재미가 없었다. 돈을 많이 벌었지만 돈을 쓸 데가 없었다.

"캐딜락 A모델 자동차가 750달러 하지만 필요 없고. 컴퓨터도 없고 TV도 없고. 할 게 없네."

하루 종일 돈으로 무엇을 할 것인가 고민해 봤지만 살 것도 없고 쓸데도 없었기에 정답이 없었다.

한참 뒹굴거리고 있을 때 길재와 인수가 들어왔다.

둘을 본 대찬은 일어나 인사를 했다.

"다녀오셨어요."

"오냐, 앉아라."

두 사람은 마주 앉았다.

"무슨 일이세요?"

눈만 끔뻑끔뻑하며 대찬이 물었다.

"요즘에 네가 번 돈이 아주 크다고 들었다."

아내인 귀순에게 이야기를 들은 길재는 자세한 상황을 알고 있었다.

"네, 조금."

"쓸데는 있느냐?"

"아니요. 아무리 생각해도 쓸데가 없어요."

"그럼 좋은 일 한번 하자꾸나."

"좋은 일요?"

"그래, 학교를 세우자!"

조선인이 다니는 학교는 한 군데도 없었다. 학교를 다녀야 될 나이의 또래 아이들은 대부분 부모들을 쫓아다니면서 조금씩 일을 따라 하는 게 전부였다.

"좋아요!"

대찬은 자리에서 일어나 숨겨 놓은 돈을 주섬주섬 꺼내기 시작했다.

"여기 있어요."

대찬은 전 재산을 내놓았다.

가족이 모은 재산은 약 7백 달러 정도 되었는데, 농장 전체 땅의 가격이 10만 8천 달러 정도 되었다.

모큘레이아 농장의 자리 일정 부분을 돈을 들여 사들이고 일이 없는 사람들에게 품삯을 주고 일을 시켜 건물을 빠르게 올리기 시작했다.

길재는 열정적으로 움직이기 시작했다. 자리 선정부터 지붕이 올라가는 순간까지 꼼꼼히 보고 일을 진행했다.

해가 바뀌고 단단하게 지어진 학교의 개교식 날이 되었다.

조그마한 단상을 두고 마주 보는 앞쪽에는 거의 모든 조선인들이 개교식을 축하하기 위해 기쁜 표정으로 나와 있었다. 시끌벅적한 것이 꼭 잔칫날 같았다.

조그마한 단상에 길재가 올라섰다.

대중은 조용히 입단속을 하며 길재의 말을 기다렸다.

"단기 4237년, 우리는 처음으로 이 땅에서 직접 학교를 만들었습니다. 우리 아이들은 배워야 합니다. 타국에 와서 모른다고 멸시받는 일은 없어야 하며, 세계의 다른 민족들이 아는 만큼 우리도 알아야 합니다. 좋은 것은 배워야 되며 우리의 것은 더 발전시켜야 합니다. 아울러 우리 것을 지켜야 합니다. 배움, 발전, 보존을 기초로 삼아 우리는 꿈에서 깨어나야 합니다. 그래서 학교 이름을 꿈 몽夢, 깰 성醒을 써서 몽성학교라 부르겠습니다."

"우와아아아!"

함성 소리와 함께 농악이 울려 퍼졌고 계양대에는 태극기
가 펄럭였다.

대찬의 일과는 크게 달라졌다.

가다랑어포 사업은 귀순이 맡아서 하게 됐고 대찬은 학교
를 가게 됐다.

"아아, 학교를 괜히 지었나?"

요즘 후회가 생기고 있다. 자유로운 생활은 둘째 치고 매
일 딱딱한 교실에서 하루 반을 앉아서 보내니 답답했다.

학교에서는 네 가지 과목을 가르쳤는데, 조선어, 영어, 역
사, 한자를 정규 과목으로 지정했다. 대찬은 이 중에서 역사
와 한자만 들었지만, 그래도 학교를 가는 것을 힘들어했다.

학교에 가면 덩치가 다 제각각이었는데, 나이가 많음에도
배우기 위해 학교를 오는 사람들이 있어서였다. 또 글을 모르
는 자가 많았는데, 나이와 상관없이 가르쳤고 일을 해야 되는
사람들은 야간학교를 만들어 공부할 수 있게 해 주었다.

♣

일본인들은 자신들의 국가로 귀환하는 자들이 늘어나기
시작했고 반대로 조선인들은 이민 오는 숫자가 급격히 늘
었다.

"아라사와 일본 사이에 전쟁이 났다."

이민자들이 이 말을 소식이 어두운 자들에게 전하고 다녔다. 조금 더 시간이 지나자 일본이 아라사의 뤼순 항을 공격했다고 했다. 몇 달 뒤 일본이 전쟁에서 승리하였다는 소문이 들렸다.

다시 해가 바뀌고 1905년 궁에 일장기가 걸렸다는 소식이 오아후 섬까지 당도했다.

이 일을 해외에 있는 사람들에게까지 알리고 싶었던 몇은 글을 적거나 외워서 전해 주었는데, 내용은 다음과 같았다.

제1조. 일본국 정부는 금후今後 외무성外務省을 경유하여 한국의 외교를 감리監理, 지휘指揮하며, 일본의 외교 대표자와 영사領事는 외국에 있는 한국인과 그 이익을 보호한다.

제2조. 일본국 정부는 한국이 타국과 맺은 조약의 실행을 완수하며, 한국은 금후 일본의 중개 없이는 타국과 조약이나 약속을 맺어서는 안 된다.

제3조. 일본국 정부는 한국 황제 아래에 통감統監을 두고, 통감은 외교를 관리하기 위해 경성京城에 주재하여 한국 황제와 친히 내알할 수 있도록 한다. 또한 일본은 한국의 개항장開港場 등에 이사관理事官을 둘 수 있다. 이사관은 통감의 지휘 아래 종래 한국에서 일본 영사가 지니고 있던 직권職權을 완전히 집행하고, 또한 본 협약을 완전히 실행하기 위한 모든 사무를

담당한다.

　제4조. 일본과 한국 사이에 체결된 조약이나 약속은 본 협약에 저촉하지 않는 한 계속 효력을 지닌다.

　제5조. 일본국 정부는 한국 황실의 안녕安寧과 존엄尊嚴의 유지를 보증한다.

"이 무슨 말도 안 되는 일이!"

길재는 분노했다.

처음에는 돈을 벌기 위해 왔으나 아들 대찬의 활약으로 목표했던 금액보다 훨씬 더 많은 돈을 벌었다. 그러나 조국의 사정을 알기에 돌아가는 길보다 여기서 사람을 가르치는 일을 시작했다. 하지만 지금은 돌아가지 못한 것을 후회하고 있었다.

"조선으로 간다."

학교와 사업은 가깝게 지내는 인수에게 맡기고 가족들과 함께 호놀룰루에 가서 배를 타고 조선으로 향했다.

대찬의 가족이 조선으로 간다고 하자 가장 슬퍼한 건 명환이었다. 자신도 같이 간다는 것을 어르고 달래서 갔다가 다시 돌아오겠다고 약속했다.

망망대해를 보며 짧았던 하와이 생활에 대해 생각했다.

'아직도 눈에 선하네, 다시 돌아가고 싶다.'

그는 애꿎은 바닥만 툭툭 쳤다. 다시 하와이로 돌아갈 것이라 길재의 약속을 받았지만 여간 아쉬운 게 아니었다.

한쪽에서는 그런 대찬의 가족을 지켜보는 눈이 있었다.

사내는 조선식 복장을 한 가족들이 눈에 띄어 유심히 보았다. 이민을 오는 사람들은 많아도 고국으로 돌아가는 사람들은 극소수에 불과하다는 걸 사내는 알았다.

그들 가족은 셋을 이루고 있었는데 아들을 제외하고는 수심이 가득한 표정이었다. 흥미가 동한 사내는 직접 말을 붙여 보기로 했다.

"안녕하십니까?"

"조선인이오?"

짧은 머리에 서양식 복장은 일본인을 연상하게 만들었다.

"그렇습니다."

"그런데 어찌 복장이 일본인들과 똑같소?"

"제가 사는 곳은 남가주에 있는 리버사이드인데, 그곳에는 백인들이 많이 살기 때문에 눈에 띄지 않으려고 복장을 이렇게 바꾸었습니다."

"멀리서 오셨군요. 반갑습니다. 나는 강길재라고 합니다."

사내의 눈이 동그랗게 뜨였다.

"몽성 선생님이 아니십니까? 저는 안창호라고 합니다."

대찬의 귀가 쫑긋 섰다.

"안창호!"

놀란 마음에 이름을 크게 불렀다.

"이놈! 어른 이름을 함부로 부르면 되겠느냐?"

길재의 일갈에 대찬은 바로 사과를 했다.

"괜찮습니다."

안창호는 슬며시 미소 지으며 대찬을 바라봤다.

"나를 알고 있나 보구나?"

"예……. 좋은 일을 많이 하신다고 들었어요."

쭈뼛거리며 답을 했다.

"제가 못난 터라 아들이 저 모양입니다."

"아닙니다. 아이들은 실수하면서 크는 거지요."

안창호는 손을 뻗어 대찬의 머리를 쓰다듬었다.

"그런데 선생께서는 하와이에 학교를 세우셨다고 들었습니다."

"벌써 거기까지 소식이 전해졌습니까?"

"제가 있는 곳에서 공동회를 운영하고 있습니다. 이민 오는 사람들이 죄다 하와이를 거쳐서 오니 당연히 소식이 전해졌지요."

"그렇군요. 그런데 공동회라?"

"정확히는 한인공립협회입니다. 처음 샌프란시스코에 도착해서 일이 없어 일을 찾아다닐 때 이런 일이 있었지요."

안창호는 여기저기 일을 찾기 위해 분주히 움직이고 있었다. 그러다 이상한 광경을 보게 됐다.

아메리칸
드림

시끄러운 조선어가 들리고 주변은 백인들이 둥글게 감싸고 있었는데, 재미있어하며 환호하고 있었다. 궁금한 나머지 그 사이를 파고들어 무슨 일인가 하고 보니 조선인 둘이 서로 상투를 붙잡고 싸우고 있었다.

"야, 이 새끼야, 네가 뭔데 남의 구역에 처기어들어 가서 인삼을 팔고 있어!"

"내가 네 새끼냐? 어디서 나이도 어린 놈의 새끼가 말을 막 내뱉고 있어! 죽고 싶어! 그리고 막말로 네가 저기다 네 구역이라고 써 놨어? 내가 가서 팔면 내 구역이지!"

주먹과 발이 오가는 몸싸움이었고 흔하지 않은 동양인의 싸움은 충분히 백인들의 유흥거리가 되고 있었다. 안창호는 당장 둘의 사이에 끼어들어 둘을 말리기 시작했다.

"이보시오, 왜 한국인들끼리 싸우고 있는 것이오?"

카랑카랑한 목소리에, 두 사내는 눈을 돌려 안창호를 보았다.

"당신은 뉘신데 남의 일에 참견이오?"

젊은 사람이 말했다.

"내가 누군지가 중요한 것이 아니오! 주변을 둘러보시오. 부끄럽지도 않습니까?"

그제야 주변을 둘러본 두 사내는 멋쩍은 듯 서로 잡고 있던 상투를 놔주었다.

안창호는 숨을 크게 한번 내쉬고는 말을 이었다.

"둘은 인삼 장수인데, 그걸 팔아 돈을 많이 버는 것이 아니라 그저 호구지책 삼아 인삼을 팔았던 거였지요. 서로 소통이 없으니 모르는 사람이었던 것이고 싸움이 났지요. 일본인보다 대접도 못 받고 그래서 그걸 바꾸어 보려고 한인 학생들과 노동자들, 장사하는 사람들을 모아서 대한공립협회를 만들어 서로 소통하고 일자리도 찾아 주려 했습니다."

"큰일을 하셨습니다. 그런데 대한이라 함은?"

"우리의 고국은 대한제국입니다. 그러니 대한은 당연히 우리 민족을 말하는 것이고 국호이니, 협회의 이름에도 대한이 들어가는 것이 맞지요."

"옳습니다. 옳은 말이지요!"

맞장구치는 길재와 자신의 이야기를 하는 안창호를 보고 대찬은 넋이 나갔다. 사진 속에서 보던 얼굴, 도산 안창호가 눈앞에 있었다. 처음 안창호라는 이름을 들었을 땐 별생각이 들지 않았다. 하지만 자신이 도산 안창호라면서 유명한 일화를 본인의 입으로 말하자 대찬은 그때서야 진짜 안창호라는 것을 깨달았다.

'단 일분일초도 생각해 보지 않았다.'

대찬의 속에서 불길이 치솟았다.

'역사에 대해서 몰랐거나 잊었던 것이 아니었다.'

대찬은 외면해 왔다. 눈을 뜨니 익숙한 곳이 아니었다. 머나먼 하와이에서 어린아이의 몸이 되자 현실에 적응하기 벅

찼던 것이다.

두 눈에서 눈물이 줄줄 흘렀다.

목에서 흐느끼는 소리가 났다.

'아! 대한민국.'

아직 일어나지 않은 미래의 일들이 무척 슬펐다.

이야기에 집중하던 두 사람은 우는 소리가 나자 의아해 주변을 둘러보다 대찬이 듣는 사람이 울컥할 정도로 슬프게 울고 있는 것을 보았다.

눈에 물기가 촉촉이 오른 안창호는 말없이 대찬을 감싸 안았다.

'조국이여…….'

왜인지 모르겠지만 그러고 싶었다.

옆에서 모든 걸 지켜보던 길재도 눈물을 글썽였다.

울다 지친 대찬은 그대로 쓰러졌다.

대찬의 어깨 위에 다이아몬드 계급장 두 개가 달려 있었다.

대나무 계급장 두 개가 어깨에 나란히 달려 있는 사람은 이내 대찬의 계급을 회수하고 대신 다이아몬드 세 개를 달아 줬다.

"강대찬 대위."

"대위 강대찬!"

"진급 축하하네!"

"감사합니다. 열심히 하겠습니다."

"감사할 게 뭐 있나? 자네가 잘해서 진급한 것이지. 아끼는 부하가 진급했으니 내가 축하주 한잔 사야겠네."

"대대장님이 사 주신다니 어딘들 못 가겠습니까?"

"하하! 좋아, 가세."

자리를 옮겨 술자리에 가자 환호성이 터졌다.

"우와아아! 강대찬 대위님, 축하합니다."

"축하합니다!"

"1중대 강대찬 대위님 축하합니다."

한창 축하를 받는 자리에 중대 인원들이 다 모여 있었다.

시간이 흐르고 술이 몇 순배 돌자 다들 얼큰히 취했다.

정수는 대찬의 근처에 와 대작하며 이야기를 이어 나갔다.

"그러니까 네가 안창호 의사하고 가족 관계라고?"

"예, 저희 할아버지하고 형제 관계라고 합니다."

"이야, 독립운동가의 후예라, 정수 멋지네?"

"에이, 놀리지 마시지 말입니다. 근데 할아버지가 돌아가시기 전에 이런 말씀을 하셨다고 합니다."

"뭐라고 하셨는데?"

"창호가 독립을 못 보고 간 것은 안타까우나 조국이 분단된 것을 안 보고 가서 다행이라고 말하셨답니다."

"그래, 안타깝네."

아메리칸
드림

"우리가 그걸 바꿀 순 없지 않습니까?"

"그런데 정수야, 이건 만약인데, 만약 네가 그 시절에 미래를 알고 태어났다. 하면 어떻게 할래?"

"어떻게 하긴 뭘 어떻게 합니까? 군대 길러서 쪽발이 새끼들 다 잡아 족쳐야 되는 거 아닙니까?"

"푸하하하! 그래, 그럼 나는 뭐 할까?"

"그야 당연히!"

"당연히?"

"앞장서서 싸우셔야지 말입니다."

"크하하하, 총알받이 하라고?"

"하고 많은 말들 중에 총알받이가 뭡니까? 좋은 말 많이 있잖습니까?"

"좋은 말?"

"조국 해방 선봉대장!"

"인마, 빨리 죽으라고 해라 그냥."

둘은 웃어 댔다.

"정수야, 내가 물어보고 싶은 게 있다."

"말씀하십쇼."

"돈이 어디 있어서 군대를 만드냐?"

"그건 쉽습니다. 어떻게 하냐면……."

대찬은 안창호와 길재가 이야기하는 곳이라면 어디든 따

라다녔다. 배는 크지만 갈 수 있는 곳은 한정되어 있어서 달라붙어 두 사람이 하는 말을 한마디라도 더 들으려 노력했다. 그 결과 현재 세계가 돌아가는 정세와 한국의 상황, 그리고 앞으로 이루어 나가야 될 것들을 배울 수 있었다.

어느 날 바람을 쐬기 위해서 나와 있던 세 사람은 백인 사진사가 사진기를 들고 사진을 찍는 모습을 봤다.

"아버지, 우리도 사진 한번 찍어요."

"사진 말이냐?"

"네, 꼭 찍고 싶어요."

"도산, 괜찮겠소?"

안창호는 빙그레 웃으면 긍정을 표했다.

대찬은 사진사에게 가 사진을 찍어 달라고 했다. 난색을 표하던 사진사는 값을 치르겠다고 하자 흔쾌히 수락했다.

네모나고 큰 사진기에 다리를 달아 세운 사진사는 손에 들고 있는 전구를 들고 말했다.

"찍습니다. 하나, 둘, 셋."

펑.

며칠 뒤 사진을 받았다.

길재와 안창호는 무표정으로 양옆에 나란히 서 있었고 대찬은 활짝 웃는 표정으로 두 사람의 손을 잡고 있었다. 그 뒤에는 대해가 넓게 펼쳐져 있었다.

하와이에서 배를 탄 지 어언 20일 정도가 지나가자 일본 군함들이 하나씩 보이기 시작했다. 그렇게 하루를 더 가자 나가사키 항에 들어왔다.

입국 심사에서 앞서 먼저 검사를 받은 백인들이나 일본인들, 중국인들은 쉽게 들어갈 수 있었으나 안창호와 길재의 가족들은 쉽게 통과할 수 없었다. 한국인이라는 이유 때문이었다.

특히 길재의 한복은 어딜 가나 관심을 받을 정도였다.

호의적이지 않은 눈빛들이 따갑게 전해졌다.

나가사키에서 한국으로 향하는 배를 타고 또 10일 정도 가자 드디어 제물포에 도착할 수 있었다.

도착하고 보이는 풍경은 일본식 건물들이 가득 채우고 있었다. 간간이 있는 한국식 건물들이 보이지 않았으면 분명 일본이라고 느낄 정도였다.

"대한제국이 아니군."

고개를 절레절레 흔들었다.

"아쉽지만 헤어져야 할 시간이네. 그럼 몽성, 약조한 날에 보세."

"도산, 그럼 그때 봅시다."

대찬의 가족은 안창호가 떠나가는 뒷모습을 배웅했다.

"아버지, 이제 우리는 어디로 가요?"

"임실로 가자."

"임실요?"

"그래, 임실에 우리 임실 강康씨 종갓집이 있단다."

제물포에서 임실까지 가는 길은 상당히 멀었다. 마땅한 교통수단이 없어서 우마차를 얻어 타는 일 외에는 걷는 것만이 유일했다.

임실까지 가는 것은 고난 그 자체였다. 활개치고 돌아다니는 일본군들과 기가 죽어 사는 사람들을 보면 몹시 우울했다.

행여 눈이 마주치면 경을 칠까 봐 무거운 짐을 지게에 싣고 땅바닥만 보며 걸어가는 모습, 길에 돌아다니는 아낙네들은 희롱당하기 일쑤였다.

사회 분위기는 침통하다 못해 비참했다.

얼마나 갔을까, 경기 지방을 지나면서부터 땅을 파고 있는 사람들이 보였다.

"아버지, 저기 좀 보세요."

일본인의 모습을 한 자들은 그곳에서 물건을 하나씩 조심스럽게 꺼내고 있었다.

"도굴꾼들이구나."

"도굴이면?"

대찬은 깜짝 놀라 되물었다.

아메리칸
드림

"해가 떠 있는 시간에 너무나도 떳떳하게 도굴을 하는구나."

혀를 차며 가족은 다시 걸었다.

고분 하나를 지나가며 '저것 하나만 그렇게 파겠지.'라고 생각했는데, 그 생각은 얼마 지나지 않아 산산조각 났다. 고분처럼 보이는 둥근 민둥산들은 죄다 파헤쳐지고 있었다.

애써 무시하며 대찬 가족은 고향을 향해 걸었다.

제물포를 출발한 지 열흘이 지나자 임실에 도착했다.

"이리 오너라."

아담한 대문 앞에서 길재는 사람을 찾았다.

"뉘시오?"

문 안쪽에서 젊은 여인의 목소리가 들렸다.

"길재가 돌아왔습니다."

끼익.

문소리는 마음을 대변하는 듯 빠르게 열렸다.

"오라버니! 어머니, 아버지, 오라버니가 오셨어요."

조용했던 집은 금세 시끌벅적해졌다. 그 사이로 가족들은 들어갔고 집안 어르신들에게 공손히 절을 했다.

"그래, 완전히 돌아온 것이냐?"

"아닙니다. 모시려고 왔습니다."

"어디로 말이냐? 미국으로 말이냐?"

표정이 굳어지고 분위기가 무거워졌다.

"그렇습니다."

"네 이놈! 어찌 고향 땅과 조상들의 무덤을 남기고 떠난다는 말이냐?"

왜소한 체구와는 다르게 큰 고함이 터졌다.

"아버지, 그래도 가셔야 합니다. 여기 남아 있다가는 풀한 포기 주춧돌 하나까지 다 빼앗겨 버릴 겁니다."

"그게 무슨 말이냐?"

"제가 그곳에 처음 도착해서 본 것은 수많은 중국인들과 일본인들이었습니다. 계속 일하면서 영길리 말을 배울 수가 있었는데, 일본인들을 관리하던 사람이 이런 말을 했습니다. 툭하면 파업을 하는데, 조금이라도 자신들이 불리하거나 마음에 들지 않는 부분이 있으면 일본인 전체가 함께 움직인다고 하더군요. 이번에 이루어진 조약을 보면 모든 것을 자신들의 뜻대로 하겠다는 것인데, 저들 민족의 기질을 봐서는 조만간 승냥이들처럼 우리 강역의 모든 것을 다 뺏어 가려 단체적으로 움직일 것입니다."

"그렇다고 이 땅을 떠날 수는 없다."

"아버지, 임실까지 오는 길에 제가 무엇을 봤는지 아십니까?"

"되었다. 그만하고 이만 나가 봐라."

할아버지는 수심 가득한 얼굴로 손짓을 하며 나가기를 종용했다.

아메리칸
드림

저녁이 되자 길재의 형제들과 사촌들은 한자리에 모였다.

"형님의 말은 우리 집안이 다 이주를 가야 한다는 뜻이오?"

"우리는 가야 한다. 사실 이런 일은 강요하면 안 되는 것이다만, 나는 선택을 강요해야겠다. 그만큼 이 일은 중요하다."

"왜 그렇습니까?"

"임실까지 오면서 많은 것을 봤다. 그리고 그중에서 하나만 이야기하자면, 이미 수탈이 시작됐다는 것이다. 큰 고분이라고 생각되는 곳은 어디든지 왜놈들이 땅을 파고 있더구나."

"도굴을 한다는 말입니까?"

"그렇다. 이미 주인 없는 무덤들을 파헤쳐서 도둑질해 가는 중인데, 그 일이 끝나면 어떻게 되겠느냐?"

이야기를 한참 듣던 사촌 형이 입을 열었다.

"길재야, 네 말대로 간다손 치면 우리는 어떻게 살아야 하느냐? 할 줄 아는 거라고는 땅 파먹는 것밖에 없는데 말이다."

"이미 가서 잘 살고 있지 않습니까?"

"네 이야기만 들으면 갈 수는 있겠지만, 솔직히 두렵다. 고향을 떠나서 살 자신이 없구나."

"고향을 생각하면 떠나지 못할 것입니다. 하지만 자식들이 앞으로 겪을 미래를 생각해 보십시오. 지금 사람들이 겪고 있는 일들은 이제 시작입니다."

계속해서 갑론을박이 이어졌다.

"좋소, 형님, 나는 가겠소."

길재의 동생 길현은 결심을 내렸는지 찬성하였다.

"잘 생각했다. 다른 분들은 어떻습니까?"

"좋다."

"좋아요. 슬프지만 그게 사는 길이라면 가야지요."

길게 이어지던 의논은 이주를 하자는 결론을 내리는 것으로 끝이 났다.

집안의 젊은 세대의 주도로 이주가 결정되자 어른들을 설득해야 했다.

설득은 어려웠다. 조상들의 무덤 때문이었다. 여기서 다 죽을지도 모르는데 죽어서 무덤을 못 돌보는 불효를 저지르는 것보다 지금 조금 관리를 못 하더라도 다시 돌아와 관리하는 게 낫다는 말에 대부분 설득이 됐다.

하지만 몇몇 어른들은 끝까지 설득할 수 없었다.

"살날도 얼마 남지 않았고. 늙은 몸이라도 조상들 곁에 남아야 하지 않겠느냐?"

이런 말을 남기며 가지 않겠다고 했다. 그 말을 들은 길재는 이렇게 말하며 설득을 했다.

"부모를 봉양하며 사는 것은 지극히 당연한 효이기 때문에 안 가시면 저 또한 가지 않겠습니다. 무덤에 계신 조상님 곁에 계신다고 하셨는데, 그러면 살아 있는 부모님의 곁을 어떻게 떠날 수 있겠습니까?"

마지막 한 명까지 설득하자 강씨 집성촌은 분주해졌다. 이주할 요량으로 가지고 있는 논과 밭을 처분하려 했는데, 이를 길재가 막았다.

"선산을 포함해서 땅을 전부 팔지는 마십시오. 여기서 살면 뺏기거나 강매당할 것이 뻔하지만 팔지 않고 떠나면 다시 돌아왔을 때 판 적이 없으니 온전히 우리의 소유가 아닙니까? 손쉽게 가지고 갈 수 있는 물건과 문서들만 챙기세요."

그 말을 듣자니 팔 수 있는 것은 손에 꼽혔다.

주변 정리를 하고 이주를 하려니 강씨 가족의 수는 일백이 넘었다. 제물포를 향해서 하나둘씩 이동을 시작했는데, 떠나는 사람들에게서는 구슬픈 울음소리만 들렸다.

그렇게 떠난 강씨 집성촌은 침묵만 가득했다.

숫자가 많은 만큼 제물포를 향하는 길은 시간이 더 오래 걸렸다. 가면서 온갖 사방 곳곳을 파헤치는 일본인들을 보며 집안의 어른들은 슬픔을 감추지 못하고 한탄했다.

대가족을 이끌고 제물포에 도착하자 제일 먼저 한 것은 여권을 발급받는 일이었다.

대찬은 잡아 놓은 숙소를 벗어나 근처를 돌아다니기 시작했다.

근처의 시장을 가 보고 싶었다. 귀순에게 자신의 행방을 밝히고 시장으로 향했다.

짧은 다리로 열심히 걸어서 시장에 다다르자 초입은 사람들로 북새통을 이루고 있었는데, 모두들 '옳소.'라고 대답하며 집회를 이루고 있었다.

"우리의 국권을 회복하는 데 있어서 다른 국가의 힘을 빌리면 안 됩니다. 우리의 힘으로 국권을 회복해야 합니다. ……한국인들은 신교육을 받고 우리의 실력을 길러서 우리 민족의 미래를 짊어질 인재들을 키워 내야 합니다."

삐삐!

호각 소리와 함께 짧았던 집회가 끝이 났다.

일본인 헌병들이 다가오자 사람들은 몸으로 그들을 막아냈다. 그사이 연설자는 몸을 피하였다.

나무 상자를 쌓아 놓고 연설을 하던 주인공은 김구였다.

대찬의 눈이 반짝거렸다.

현실을 인정하고 받아들이자 한동안은 굉장히 슬펐지만 반대로 다른 욕구가 생겼다.

미래에서 독립운동가들은 스타이자 민족의 영웅이다.

대찬은 사진 한 장을 꺼내 들었다.

안창호와 배에서 찍은 사진.

만족스러워하며 사진의 뒷면을 봤다.

한자로 도산 두 글자가 멋지게 쓰여 있었다.

"김구 사인도 받고 싶다!"

사인을 받고 싶은 욕망 때문에 김구를 찾아 시장을 방황했지만 김구를 만날 수는 없었고 허탈한 발걸음으로 숙소로 돌아갈 수밖에 없었다.

'기회가 있겠지?'

언제 다시 돌아올지 모르는 기회였지만 꼭 만날 수 있는 기회가 생기길 기대했다.

여권이 나오기까지 꽤 오랫동안 걸렸다. 일본이 심하게 방해를 했기 때문이다.

일본은 나름대로의 고민이 있었는데, 한국인 이민자 숫자가 많아지면 일본인들의 이민이 그만큼 줄어들 수밖에 없는 구조였기 때문이다.

하와이의 일본인 사회가 성장하면서 무역, 송금 그리고 일본에 대한 기부 또한 증가했다. 이민은 또한 가난을 번영과 바꾼 개인 이민자들에게도 큰 이익이었다. 이런 성공을 거둔 일본인들에게 한국인들은 크나큰 위협이었다.

앞뒤 사정을 알게 된 길재는 가족들에게 한 가지 부탁을 하게 된다.

"미국으로 가면 많은 돈을 벌 수 있다고 제물포 시장에 소문 좀 내 주세요."

한국인들이 이민을 많이 가게 되면 그만큼 역량도 커질 테
니 나쁘지 않은 선택이었다.

일본을 거쳐서 하와이로 가면 일본에서 막혀 하와이로 못
갈 수도 있기 때문에 중국 상해를 향하는 배편에 올라탔다.

'안녕, 대한민국.'

작별 인사를 선선한 바람이 받아 주었다.

대찬은 배에 올라 속이 메스꺼우면 항상 갑판에 올라 찬
바람을 쐬고는 했다. 이번에도 어김없이 뱃멀미를 하자 울렁
거리는 속을 다스리기 위해서 갑판으로 향했다.

힘없이 걸으며 올라가자 잔잔하던 파도가 크게 한번 출렁
였다.

휘청.

대찬은 갑판을 굴러 난간에 걸쳐졌다.

"조심하렴."

근처에 다가온 사내가 대찬을 번쩍 들어 똑바로 세워 주었
다.

"감사합니다."

꾸벅 인사를 하고 보니 익숙한 얼굴이었다.

"제 이름은 강대찬이라고 합니다. 혹시 함자가 어떻게 되
시는지요?"

청명한 눈빛에 훤칠한 이마, 윗입술 위로 둥글게 수염이

나 있는 사내가 말했다.

"내 이름은 안중근이란다."

안중근의 손을 붙잡고 대찬은 길재가 있는 곳으로 데려갔다.

"아버지, 여기 이분은 안중근 선생님이세요."

"반갑습니다. 저는 강길재라고 합니다."

"몽성 선생이십니까?"

자신을 알아보는 안중근에게 놀란 길재가 물었다.

"혹여 저를 아십니까?"

"알다마다요. 미국에서 성공한 한인 사업가가 있고 그 사업가가 학교도 만들었다는 소문은 귀가 따갑게 들었습니다."

길재는 얼굴을 붉히며 말을 이었다.

"부끄럽습니다. 그런데 그 말은 반은 맞고 반은 틀렸습니다."

"무엇이 맞고 무엇이 틀렸습니까?"

안중근의 물음에 길재는 대찬을 한번 쳐다보고 말했다.

"학교를 세우자는 의견을 내고 만든 것은 제가 맞지만, 저는 그렇게 상재가 없습니다. 재물은 저 녀석이 만들었지요."

길재의 시선이 향한 곳에 대찬이 있었다.

그렇게 한참 동안 안중근과 길재는 이야기를 했다.

두 사람의 긴 대화가 끝이 나고서야 안중근과 대찬은 따로 이야기를 나눌 수 있었다.

"어떻게 사업을 할 생각을 한 것이냐?"

"그러니까 처음에는 할 일이 너무 없었어요. 그저 어른들
따라서 사탕수수 옮기는 일만 했었죠. 그런데 노동만 해서는
먹고사는 생활이 전혀 바뀌지 않는다는 것을 알았어요. 그래
서 어머니 반짇고리에서……. 그렇게 학교까지 세우게 된
거예요."

대찬의 이야기 내내 안중근의 표정은 수시로 바뀌었다.

"궁금한 것이 있구나, 어째서 일본인에게 장사를 시작했
느냐?"

"일본은 사방이 바다예요. 일단 생선에 익숙한 자들이었
고 그들의 음식 중에 초밥이라는 게 있는데, 날생선을 밥 위
에 올려 먹는 음식이에요. 그래서 가져다 팔았어요."

"그래도 안타깝구나."

고개를 끄덕이면서도 표정에는 안타까움이 서렸다.

"독립운동하실 거지요?"

"그걸 어떻게……."

"당황하실 필요 없어요. 제 생각은 그래요. 독립운동도 돈
이 있어야 할 수 있다고요."

한참을 당황해서 불안해하던 안중근은 곧 평정을 찾고 되
물었다.

"독립운동도 돈이 있어야 할 수 있다?"

"맞아요. 우리나라는 작년 늑약에 의해서 정복당했어요.

아메리칸
드림

앞으로는 찬동가, 저항가 마지막으로 일반 백성들만 남을 거예요. 찬동가는 저 일본 놈들에 의해서 부귀영화를 누릴 것이고 실제로 오적들은 그렇게 살고 있어요. 반면 저항가들은 궁핍하고 외롭게 살다가 죽거나 죽임당하거나 찬동가로 돌아설 거예요. 백성들은 찬동가들의 선동에 의해서 친일 행위를 하겠지요. 그들 군대에 입대를 하고 저들 우두머리에게 충성을 할 거예요. 그리고 그것을 자랑스러워하겠죠."

"허, 운동가들을 위해서 돈이 필요한 것이냐?"

"그것도 있지만……."

"있지만?"

"군대를 만들 돈이 필요해요."

"군대라……."

안중근은 깊은 생각에 빠졌다.

"그럼 돈이 아주 많이 필요하겠구나?"

대찬은 고개를 끄덕이며 말했다.

"돈을 아주 많이 벌어 금으로 산을 쌓을 거예요!"

안중근은 대소했다.

"하하하, 포부가 대단하구나, 그럼 앞으로 너를 금산金山이라고 불러야겠다. 잘 부탁하네, 금산."

대찬에게 고개를 꾸벅 숙여 보이는 안중근이었다.

상해에 도착하고 나서 대찬은 길재를 졸라 많은 가족들과 안중근을 포함해서 사진을 찍었다.

"그럼 연이 닿으면 또 뵙도록 하지요."

"보중하시길 바랍니다."

짧은 인사와 함께 안중근은 떠났다.

여러 날을 함께하며 정들었던 그를 떠나보내기가 아쉬웠지만 가는 길이 다르기에 함께할 수는 없었다. 그렇게 배웅을 하고 도착하기가 무섭게 상해에서 하와이까지 가는 배를 수배하니 내일 당장 떠나는 배가 있어 부랴부랴 애셜론호에 승선하였다.

하와이까지 가면서 다행히 태풍이 불지 않아 짧은 시간을 거쳐 오아후 섬 호놀룰루에 입항하게 되었다.

호놀룰루에서 모큘레이아까지 걸어서 가야 했는데, 한국에 갔다 온 사이 새로 만들어 놓은 길이 있어서 편하게 마을까지 갈 수 있었다.

집에 도착하자 대찬이 돌아왔다는 소식을 들은 명환은 바로 대찬을 찾아왔다.

"대찬아~."

대찬을 보고 바로 달려와 힘껏 껴안았다.

"오랜만이야!"

"응, 명환아, 오랜만이네. 잘 지냈어?"

"그럼 잘 지냈지, 근데 대찬아~."

대찬의 감이 이상했다.

"응?"

"선물 사 왔어?"

"……."

'한 대 칠까?'

자신도 모르게 두 손이 말아 쥐였다.

사업 I

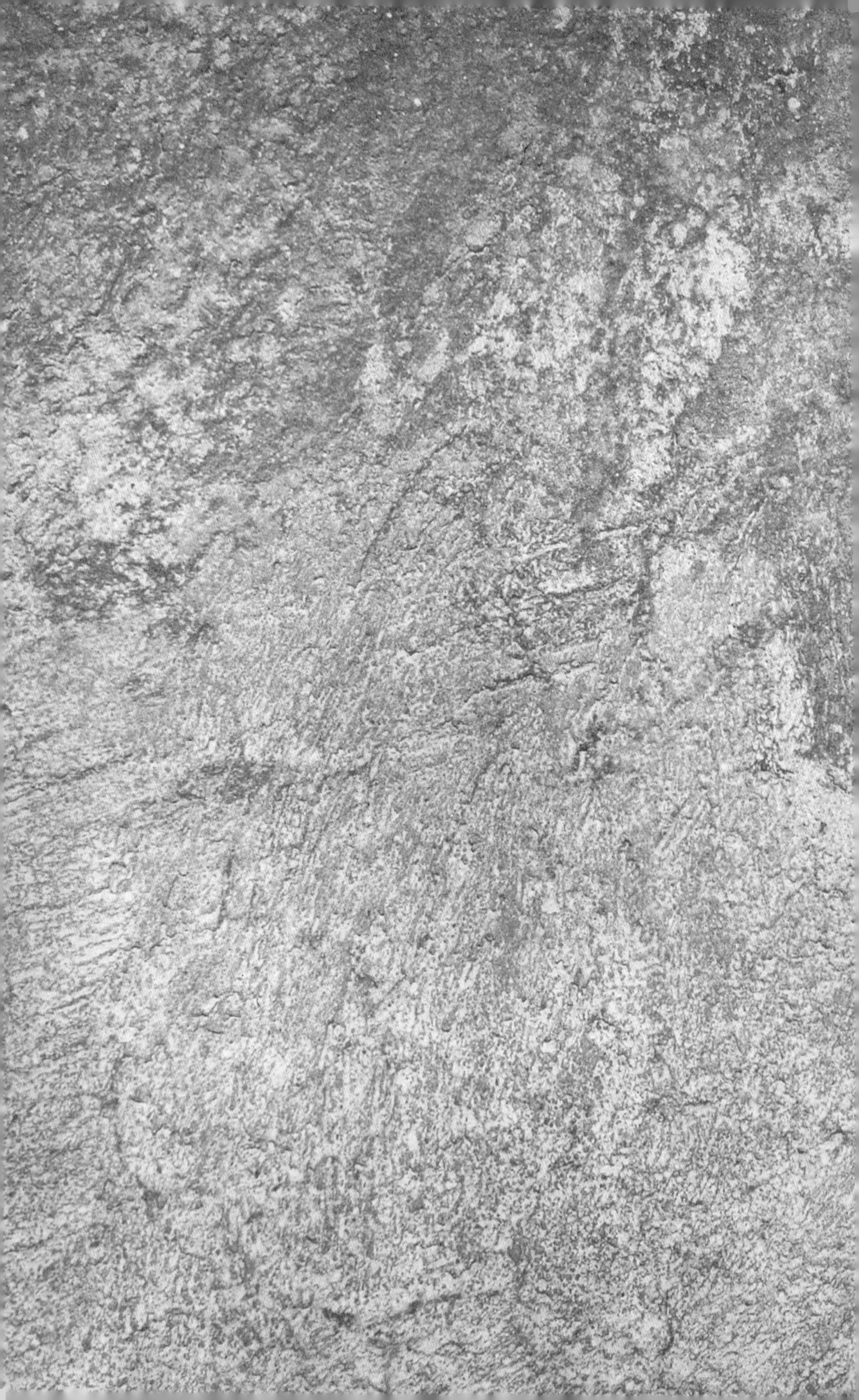

몽성학교 주변은 한국식 건물들이 차지하고 있었다. 제법 조선의 티가 나는 한국인촌을 만들고 싶지만 자리가 없어서 집을 못 짓고 있다고 했다.

가다랑어포로 벌어들이는 수익금은 주인이 없으니 인수가 함부로 집행하지 못했고 그저 학교 운영자금으로만 썼다고 했다. 길재는 그 이야기를 듣고 제일 먼저 땅을 더 사는 일을 했는데, 이주해 온 가족들의 집도 지어야 하기 때문이었다.

한국에 갔다 온 동안에 인수가 사업으로 모아 놓은 돈은 1천5백 달러 정도 되었는데, 가다랑어포 수요가 더 늘어 미국 본토에까지 한국인들이 가져다 팔았다고 했다.

모큘레이아 농장은 농장주가 땅을 팔 수 있는 권리를 부동

산 업자에게 넘겨주고 오아후 섬을 떠났는데, 그사이 땅값이 더 떨어져 1천5백 달러로 본래의 크기보다 세 배나 넓은 토지를 구매할 수 있었다.

땅이 넓어지자 저마다 집을 짓기 위해 분주해졌고 대찬의 가족 역시 일정한 터를 잡고 집을 지었다.

"뭘 만들어 볼까?"

대찬은 새로운 사업을 할 생각을 했다.

"주변에서 나는 것이 생선과 해산물 그리고 과일뿐이네."

대찬은 한 가지 잊어버린 게 있는 것 같았다.

"그리고…… 그 검은 것 뭐더라? 생각이 안 나네?"

생각이 안 나자 대찬은 길재를 찾아갔다.

"아버지, 저쪽 농장에서 기르는 것 있잖아요. 그 검은색 그거."

"검은색? 뭘 말하는지 모르겠구나."

"그럼 뭘 기르는지 하나씩 말씀해 주세요."

"그래, 알았다. 일단 우리 바로 옆의 농장은 사탕수수를 키우고 그 너머에서는 파인애플과 오렌지 그리고 저쪽 높은 산 쪽에서는 커피를 키우고……."

"맞다! 커피!"

생각이 나자 커피를 구할 요량으로 뛰어나갔다.

"아버지, 감사해요."

아메리칸
드림

신발을 제대로 신는 둥 마는 둥 뛰어 도착한 곳은 커피 농장이었다. 수중의 돈을 다 길재에게 줬지만 혹시 몰라 비상금으로 1달러 정도는 항상 주머니에 넣어 두었다. 이 돈으로 커피 농장에 가서 1달러어치 커피를 구했는데, 1달러만큼의 커피양이 좀 많아 힘들게 끙끙거리며 집으로 돌아왔다.

커피 자루를 열어 보니 초록색 원두가 나왔다.

"이러니 검은색이라고 하면 모르지."

괜히 한번 투덜거리고 적당량의 원두만 덜어 화로 위에 철판을 깔고 살살 볶기 시작했다. 고소한 커피 향이 달달하게 진동을 했다.

"이제 이걸 갈아서. 갈아서?"

원두를 갈 것이 없었다. 별수 없이 원두를 돌로 깨서 가루를 만들어 뜨거운 물에 타 한 모금 마셨다.

후루룹.

형용할 수 없는 맛.

"우웩."

마시자마자 뱉어 냈다.

"드럽게 맛없네!"

쓰고 탄 맛이 났으며 심지어 돌의 맛도 같이 느낄 수 있었다.

"우와, 이 고소한 냄새는 뭐야?"

냄새를 맡은 명환이 다가왔다.

"흐흐, 명환아, 먹어 볼래?"

"응!"

남은 커피를 명환에게 건네주었다. 명환은 별 의심 없이 한 모금 마셨다.

"……."

"우웩~."

커피는 실패했다. 도저히 먹을 수 있는 수준이 아니어서 커피를 산 1달러가 아까웠다.

"내 1달러!"

후회감이 밀려왔다.

"이제 다른 걸 찾아봐야지."

좌절하다가 다른 생각이 났는지 곧 다른 곳으로 자리를 옮겼다.

대찬이 집을 떠나고, 귀순은 집 안 청소를 하다 방에서 콩이 든 자루를 발견했다.

"웬 콩이지?"

조그마한 초록색의 콩을 살짝 들어 냄새를 맡아 보았다.

"고소하네? 이걸로 밥이나 지어야겠다."

귀순은 커피콩을 들고 주방으로 갔다. 주방에 도착해서 제일 먼저 한 일은 콩을 불리는 것이었다. 바가지에 콩을 담아 한참을 불리고 맷돌을 가져다 콩을 일정량 갈았다. 그리고 남은 콩은 쌀에 섞어 밥을 지었다.

간 콩은 콩비지를 하기 위해 뜨거운 물에 넣고 휘휘 저었
는데, 오히려 물의 색이 검게 변했다. 간수를 넣고 휘저어도
그저 검은색 물만 있었다.

"이상하네? 원래 이런 콩인가?"

귀순은 의아해하며 검은색 물을 살짝 떠서 맛을 보았다.

"퉤퉤! 에이, 못 먹겠네."

밥을 올려놓은 것이 문뜩 생각났다.

"어머나, 이 일을 어째!"

귀순은 밥을 올려놓은 솥을 열고 밥을 보았는데, 밥이 검
은색으로 변해 있었다. 불안해하며 밥을 살짝 떠서 먹었다.

"이것도 못 먹겠네, 이걸 어쩌지?"

놀란 가슴을 진정시킬 수 없었다. 노란 콩을 생각하고 만
든 비극이었다.

저녁 식사 시간이 되자 대찬의 가족은 밥상에 빙 둘러앉았
다. 귀순은 밥을 퍼 각자 앞에 내려놓았다.

밥의 색은 검었다.

"임자, 밥이 왜 이런가?"

"그게 사실은······."

귀순은 오늘 있었던 일을 설명했다. 대찬의 방에서 나온
콩을 시작으로, 왜 이렇게 되었는지.

"엄마, 그럼 이게······?"

"네 방에 있던 콩으로 지은 밥이야."

"맙소사, 그럼 버리고 다시 해야지요."

쌜쭉한 표정으로 귀순은 대찬을 노려보았다.

"되었다. 먹자."

길재는 별수 없다는 듯이 밥을 먹었지만 표정은 좋지 않았다. 대찬은 맛을 알기에 먹기 싫어 밥을 뒤적이다가 신기한 것을 발견했다.

'어라? 원두 색이 다르네?'

색이 다른 원두 두 가지를 차례로 맛을 보자 서로 맛이 달랐다. 하나는 살짝 신맛이 돌았고 다른 하나는 쓴맛이 더 강했다. 같은 원두인데 맛은 천차만별이라 다른 것도 하나 맛을 보았는데 이건 또 다른 맛이 났다. 아마도 익는 과정에서 서로 다른 층에 있다 보니 서로 익는 시기가 달랐던 모양이다.

"엄마, 콩으로 이것만 만들었어요?"

"아니, 콩비지를 만들어 보려고 했는데, 그건 못 먹겠더라."

"콩비지요? 그럼 갈았어요?"

"왜 그러니?"

원두를 갈 수가 없어서 돌로 원두를 분쇄해 먹은 것이 생각이 났다.

"혹시 맷돌로?"

"너는 뻔한 것을 물어보는구나. 맷돌로 가니까 잘 갈리던데?"

"맷돌 어디에 있어요?"

밥은 어차피 못 먹는 거였다. 대찬은 맷돌을 핑계로 자리를 벗어났다.

그날 밤 커피 밥을 잔뜩 먹은 길재와 귀순은 쉽게 잠들지 못했다. 밤은 깊어 가고 세상을 비추는 빛이라고는 달빛밖에 없었다. 두 사람은 뒤척이다 살이 맞닿게 되었고…… 해서 그 밤을 하얗게 불태웠다.

다음 날부터 커피 원두는 정력제라고 소문이 나기 시작했다.

대찬은 철판 위에 원두를 하루 종일 볶기 시작했다. 잠깐 볶으면 연초록색이 나타났고 거기서 더 볶으면 원두가 누런 색을 띠었으며 시간이 지날수록 갈색에서 검은색으로 변하는 것이 눈에 보였다. 그렇게 색이 크게 분류되는 게 다섯 가지였다.

다음 맷돌을 깨끗이 씻어서 밑에 받침을 두고 원두를 넣어 갈기 시작했다.

첫 번째 원두는 누런색이었는데, 뜨거운 물에 살짝 타자 고소한 향이 좋았다.

후르릅.

"어휴, 맛없어."

누런색 원두는 향은 좋았으나 맛은 그다지 좋지 않았다.

그렇게 몇 번을 반복을 하자 전체적으로 골고루 갈색을 보이는 원두가 제일 단맛도 나고 좋았으며 조금 더 검은색처럼 보이는 원두는 쓴맛이 강했다.

커피를 개발하고 기분이 좋아진 대찬은 해변에서 커피 한 잔을 마시고 싶었다. 해변으로 가 물을 끓이고 제일 맛있게 볶인 커피콩으로 타서 모래사장에 앉아 한 모금을 마셨다.

후르릅.

"커피 한 잔의 여유."

후르릅.

대찬은 먼바다를 바라봤다.

"테이스터스 초이스."

종이를 사다 밥풀로 붙여 작은 종이봉투를 만든 뒤 완성한 원두를 넣고 그 위에 가비라고 영어로 멋들어지게 써서 포장했다. 포장한 원두는 종류별로 홍보 삼아서 무료로 뿌렸는데, 반응이 좋았다. 그런데 반응만 좋았을 뿐이지 직접적인 주문은 들어오지 않았다.

미국 본토에서 배가 한 척 들어왔는데 아주 불행한 소식을 전해 주었다.

"샌프란시스코가 사라졌다! 남아 있는 거라고는 추억 그리고 외곽의 주택 약간이다. 모든 것이 사라졌고 조각난 샌프란시스코는 거의 남아 있지 않다. 인구 30만이 넘는 대도시가 사흘 밤낮 동안 화마에 휩싸여서 재로 변해 버렸다."

소식을 들은 사람들은 샌프란시스코로 가 있는 한인들을 많이 걱정했지만, 숫자도 적고 대부분 가난하여 피해를 입었다는 소식은 없었다.

다들 안심하던 것과는 달리 대찬은 다른 생각을 했다.

"아버지, 기부금을 내야 할 것 같아요."

"기부금? 지진이 난 곳에 말이냐?"

"네, 꼭 내야 해요."

"저들은 우리하고 연관이 없고 한인들도 가난하게 사는데 굳이 그럴 필요가 있느냐?"

"이건 아주 중요한 일이에요. 우리는 지금 다른 나라에 살고 있어요. 우리가 이곳 사회에서 인정받고 역량을 기르기 위해서는 꼭 기부금을 내야 해요."

대찬은 알고 있었다. 유색인종에 대한 인종차별이 얼마나 심한지. 미국 동부 쪽으로 가면 흑인보다도 못한 대접을 받았다.

길재는 하와이에서 땅을 사서 융통할 수 있는 금액이 크지 않았다. 하지만 여유 있게 모아서 오아후 섬에 있는 정부 청사로 가 3백 달러를 한인들의 이름으로 기부하였다.

기부 소식이 전해지자 기자가 기사를 싣기 위해서 한인촌을 찾았다. 기자는 샌프란시스코에서 왔다고 했다.

"원더풀!"

기자는 한인촌을 보고서 이국적인 풍경에 이국적인 마을
이라며 아름답다고 극찬을 했다.

기자와 길재는 인터뷰를 했는데 어떻게 이주하게 됐는
지, 기부금을 내게 된 동기 등을 물어보며 성실하게 원고를
썼다.

"그렇군요. 그럼 무슨 일을 해서 돈을 버신 겁니까?"

"대부분은 한인들의 자발적인 모금이었고 저와 제 아들이
조그마한 사업을 하는데, 그 사업으로 모아 놓은 돈을 기부
하였습니다."

"사업을 하셨군요. 어떤 사업을 하는지 물어봐도 되겠습
니까?"

"생선 가공업을……."

대찬은 말을 잘랐다.

"커피요!"

커피를 홍보할 수 있는 좋은 기회를 쉽게 놓칠 수 없었다.

얼마 지나지 않아 신문을 들춰 보니 특집 기사가 실렸다.

동양인에 대한 호기심과 신비로움이 가득한 두 장에 사진
은 좌우로 배치되어 있었고 길재와 대찬의 사진은 가운데 자
리 잡았다. 그 기사에 실린 내용은 다음과 같다.

신비로운 나라 대한제국의 출신 이민자들은 우리 곁에서 보
이지 않았을 뿐 이미 여러 곳에 살고 있었다. 그들은……. 기부

하였다고 한다. 생선과 커피 사업을 하고 있는 미스터 강의 진심 어린 기부로 필자의 마음은 훈훈해졌다. 마지막 헤어지기 전에 미스터 강의 아들이 직접 개발한 커피라고 한잔 대접해 주었다. 그 마음이 전해졌을까? 맛과 향이 최고였다. 나누어 사는 마음, 우리들은 그 마음이 절실히 필요한 때이다.

기사가 일으킨 영향은 굉장히 컸다. 커피 주문이 조금씩 들어오기 시작했던 것이다.

처음에는 소소하게 들어와 감당할 수 있었지만 얼마 지나지 않아 대찬 혼자서는 감당할 수 없는 정도로 폭발적으로 주문이 들어왔다.

"기계를 만들면 되지!"

쉽게 생각하고 기계를 만들려고 했으나 톱니바퀴를 만드는 과정에서 시간이 오래 걸려 사람들을 고용해 일을 시켰다.

하지만 익숙하지 않아 오히려 원두만 못 쓰게 되는 일이 많았다.

정상적인 것만 골라내어 공급을 했다. 그러는 중에 대찬이 고안했던 방법으로 기계가 만들어졌고 사람이 손잡이를 잡고 돌리면 기계의 큰 원 안에 있는 날개가 돌아가 골고루 익을 수 있게 작동했다.

커피의 맛은 총 네 가지로 만들었고 용량별로 100그램,

300그램, 500그램, 1킬로그램, 5킬로그램, 10킬로그램 이렇게 여섯 가지를 만들었다.

본토에서 주문이 많았기 때문에 종이는 풀을 먹이고 니스를 칠한 다음 잘 말려서 내용물이 상하거나 눅눅해지지 않도록 했다. 마지막으로 가비라는 글자와 고양이 모양의 그림을 나무판에 파서 넣고 검은색으로 칠해 주었는데, 맛별로 고양이 그림이 달랐다.

취향에 따라 커피를 선택해서 마실 수 있는 가비는 날개 달린 듯이 입소문이 났고 본토 서부 지역에서는 제법 유명한 브랜드로 자리 잡았다.

물량이 많이 필요하자 오아후 섬에 있는 커피 농장과 계약을 했고 대량생산할 수 있는 공장을 구하기로 했다. 그동안 원두를 팔아서 벌어들인 수익을 전부 투자해서 커피 농장과 가까운 곳에 땅을 사고 공장 건물을 지었다.

카마나누이는 하와이제도 원주민이다. 특히 오아후 섬 호놀룰루에서 그의 일족은 평생을 살아왔다. 천혜의 자연환경은 그들에게 축복이었고 별다른 노력 없이 살 수 있었다. 하지만 지금은 상황이 많이 바뀌었다. 돈이 없으면 먹고살기가 힘들었다.

할 수 있는 일이 없어 낚시를 하거나 과일을 따서 먹고살 았다. 농장에 취업해서 일을 한다는 것은 싫었다. 매일 햇볕 아래서 해가 지기 전까지 일한다는 것은 쉽지 않은 일이 었다.

그렇게 살고 있는데 누군가 먹으라고 음식을 하나 건네줬 다. 익숙한 맛이 분명한데 다른 맛이 첨가되어 색다른 맛이 났다. 이게 무엇이냐고 물어보니 가다랑어포라고 했다.

어떻게 만드는지 궁금해진 카마나누이는 사람들에게 물어 호놀룰루에서는 조금 먼 모큘레이아까지 가게 되었다.

도착해서 보니 작은 스킵잭(가다랑어)으로 음식을 만들어서 파는 것을 알 수 있었다.

'작은 스킵잭과 비슷하지만 더 맛있는 옐로핀으로 만들면 좋을 텐데?'

카마나누이는 근처 다른 원주민 마을에서 카누를 빌려 바 다로 나가 황다랑어를 잡아 왔다.

"이거 판다."

귀순은 원주민이 잡아 온 커다란 물고기를 보았다. 가만 보니 예전에 아들이 저걸 잡아서 1달러를 벌었다는 것이 생 각이 났다. 귀순은 말없이 1달러를 건네주었다.

카마나누이는 기분이 무척 좋았다. 바다에 나가서 낚시하 면 금방 낚을 수 있는 물고기를 1달러나 주고 사 줬기 때문 이다.

'앞으로 돈이 필요할 때 한 번씩 잡아다 팔아야겠다.'
카마나누이는 가벼운 발걸음으로 집으로 갔다.

　오래간만에 저녁상에 황다랑어가 올라왔다. 화로에 올려
서 살짝 구워 먹으니 감칠맛이 좋았다.
　"엄마, 이거 어디서 구한 거예요?"
　"응, 여기 원주민이 잡아 와서 판다고 해서 샀지."
　"그럼 엄청 큰 거 아니에요?"
　"너무 커서 다 나누어 주고 우리 먹을 것만 가지고 왔단
다."
　"원주민…… 원주민!"
　"어머, 대찬아, 왜 그러니?"
　혼자 상상하며 미소 지었다.
　"알로하~ 알로하~."
　대찬은 원주민 마을을 찾았다. 지나가는 사람을 잡고 어제
황다랑어 판 사람이 어디 있느냐고 물었더니 한쪽을 가리켰다.
　"알로하."
　"알로하. 이방인, 그대는 우리의 인사말을 알고 있다."
　"여러 가지 뜻이 있는 것만 알고 있어요. 어제 우리 엄마
한테 황다랑어 팔았죠?"
　"그렇다."
　"어제 계산을 잘못해서 돈을 주려고 왔어요. 여기."

9달러를 꺼내 건네주었다. 돈을 받은 카마나누이는 어안
이 벙벙했다.

"너무 많다. 그 물고기는 그만한 값어치가 없다."

"아니에요. 당신들 원주민들만 잡을 수 있잖아요? 값어치
가 충분해요."

"그런가?"

"그럼요. 대신에 부탁이 있어요."

"부탁?"

"황다랑어는 우리보다 일본인에게 팔아 주세요."

"일본인? 그대와 다른가?"

대찬은 입고 다니는 복장을 설명하고 사는 마을의 위치를
알려 주었다.

"꼭 10달러 이상의 가격으로만 팔아야 돼요."

"알겠다. 그렇게 한다."

일본인이 돈을 버는 게 이제는 무척 배알이 꼴렸다.

"그리고 한 가지 더 부탁이 있는데요."

"말해라. 도와줄 수 있는 것이면 들어준다."

"일하고 싶은 분들 없어요?"

음흉한 미소가 지어졌다.

카마나누이는 바다에 나가 황다랑어를 한 마리 잡았다. 그
리고 대찬이 알려 준 일본인 마을로 가서 팔기로 했다. 대찬

이 한 말이 사실인지 확인해야 했다.

니시무라의 식당은 최근 오아후 섬 제일이란 명성이 조금씩 금이 가고 있었다. 식재료 공급이 원활하지 않았기 때문이었다. 그래서 그는 걱정이 컸다.

그런데 식당 밖에서 사람들이 수군거리는 소리가 났다. 나가서 보니 큰 황다랑어를 팔고 있는 소리였다.

"이거 10달러 판다."

내려놓은 황다랑어를 10달러에 판다고 하자 금방 반응이 나타났다.

"내가 사겠소."

"11달러!"

"11달러 50센트."

자연스럽게 경매가 열리기 시작했다.

"12달러 80센트!"

더 이상 올라가는 금액이 없었기에 잠시 정적이 생겼다. 카마나누이가 황다랑어를 넘겨주려 할 때 큰 소리가 들렸다.

"15달러!"

카마나누이는 15달러를 벌어 마을에 도착했다. 그리고 돈을 번 경위를 부족원들에게 이야기해 주었다.

마을엔 황다랑어 낚시 열풍이 불었다. 이들은 10달러 밑으로는 절대 팔지 않았는데, 가격을 떨어뜨리려고 하면 바다에 나가지 않고 물고기를 공급하지 않았기에 일본인들은 품질이 조금 떨어지더라도 10달러 이상의 가격으로 사들여야 했다.

호놀룰루는 유동 인구가 제일 많은 곳이다. 오아후 섬에 들어오려면 꼭 호놀룰루로 입항해야 했기 때문에 항상 사람이 붐볐다.

대찬은 이곳의 깨끗하고 적당히 한적한 곳에 자리 잡아 카페를 개장했다. 카페 이름은 에넬라였다. 에넬라는 하와이 원주민들 말로 천사라는 뜻이었다.

"어쨌든 천사 다방!"

대찬은 만족스러웠다.

"너는 세계 최초의 바리스타다."

커피 교육을 받고 난 다음 호쿠가 들었던 말이다.

원두를 면포에 싸서 증기압으로 나온 커피를 가지고 여러 가지 종류의 음료를 만드는 방법을 배웠고, 그다음으로 캐러멜 시럽과 생크림을 만드는 것을 배웠다. 그리고 마지막으로 커피 위에 그림을 그리는 것을 가르쳐 주었는데, 손재주가 좋은 호쿠는 금방 배워 대찬보다 더 잘하게 되었다.

여러 가지 종류의 커피와 원주민 전통차를 팔자 휴가차 들른 관광객들에게 명소로 자리 잡게 되었다.

와이키키는 호놀룰루와 바로 붙어 있는 해변 지역이다. 북쪽에 산지를 끼고 남쪽에 바다를 보는 해안이 있었고 깨끗한 바닷물과 사시사철 좋은 기후 덕에 관광객들이 항상 찾는 곳이었다.

대찬은 와이키키를 탐방했다. 앞으로 하고자 하는 사업을 그쪽에다 하면 좋을 거라고 생각했기 때문이다.

"에이, 호텔이 있네."

웨스틴 모아나서프라이더.

1901년 영업을 시작한 이 호텔은 와이키키에 딱 하나뿐인 호텔이었다. 최신식에 높고 웅장한 하얀 외벽의 건물은 해변에서 단연 돋보였다.

호텔 주변으로는 작은 건물들이 하나씩 보였는데, 대부분 별장으로 사용하는 듯했다.

너무 좋은 주변 환경에 욕심이 생긴 대찬은 주변 땅값을 알아보았는데 생각 이상으로 가격이 비쌌다.

"돈! 돈이 필요해!"

지금 와이키키 주변을 선점해 놓지 않으면 앞으로 가격이 천정부지로 치솟을 것은 불 보듯 뻔한 일이었다.

커피 사업은 순항 중이었지만 사업 초기인지라 아직까지 큰돈은 모으지 못했다.

와이키키 해변에 주저앉은 대찬은 상상의 나래를 펼쳤다.

"저기에 연회장을 세우고 저쪽 절벽 쪽에다가 수영장 딸린

독채를 짓고 가운데에다가 호텔 본관을 크게 짓고…… 결국
엔 돈이 없네."

호쿠는 과일이 필요해 근처에서 과일을 따 카페로 가던 길
에 대찬을 보았다.

넋 놓고 있는 모습이 왜인지 짠했다. 가던 길을 멈추고 들
고 있던 과일을 하나 꺼내 먹기 좋게 잘라 대찬에게 건네주
었다.

"응, 고마워."

대찬은 과일을 건네주는 호쿠를 한번 쳐다보고는 그걸 입
으로 가져갔다.

"잘 익었네, 맛있다. 잠깐만, 과일?"

대찬은 부르르 떨었다.

벌떡 일어나 환호성을 질렀다.

"사방 천지가 다 돈이다!"

기분이 좋은 대찬은 호쿠를 껴안고 뽀뽀를 해 댔다.

원주민 마을에 대찬의 소문이 돌았다.

"대찬은 남자 좋아한다. 이상하다. 보면 피해라."

하와이에는 알리이 왕족 가문과 캐슬, 휴 스탠스, 피콕 이

렇게 네 개 성씨의 지주들이 자리 잡고 있었다. 이들 대부분은 와이키키 해변의 땅을 소유하고 있었다.

이 중에 피콕 가문의 월터 피콕은 리조트 개발을 하다 1901년 15만 달러를 들여 오아후에서 가장 웅대하고 큰 모아나 호텔(웨스틴 모아나서프라이더, 이하 모아나)을 지었다. 그러곤 하루에 객실 하나당 1달러 50센트의 숙박료를 받았다.

모아나 호텔의 객실 수는 139개였고 하루에 벌어들이는 수익을 계산하면 하루에 208.5달러였지만, 객실이 꽉 차는 경우는 흔하지 않았다. 그래서 모아나 호텔의 창업자 월터는 고민이 많았다.

처음 호텔을 지어야겠다고 마음을 먹었을 때는 천혜의 환경과 온후한 기온에 휴양지로서의 가능성을 확신했다. 그러나 접근하기가 힘든 하와이제도의 특성상 관광객들이 많이 오지 않았던 것이다.

생각보다 이익이 많이 나지 않고 유지가 가능할 정도의 수익만 생겼다.

월터는 고민이 생기면 자신의 소유인 호텔의 제일 높은 층에서 먼바다를 바라보며 차를 마시는 버릇이 있었다. 그 풍경이 좋아 아내도 같이 즐겨 마셨는데, 어느 날부터인가 차를 거절했다.

"여보, 요즘에는 차를 안 마시네?"

"그게…… 쓰기만 해서 못 마시겠어."

"쓰다고? 나는 딱 좋은데?"

"자기, 저기 창밖에 카페 보이지?"

월터의 아내가 손가락으로 가리킨 곳에 에넬라라고 쓰여 있는 간판이 보였다.

"저기가 카페였어?"

"남자들은 모를 거라고 하던데, 자기도 모르는구나. 저기 카페인데, 굉장히 달콤한 차를 팔아."

아내는 황홀한 표정을 지었다.

"저기 가서 차 한잔 마시고 싶다."

호기심이 동한 월터는 아내와 함께 자신의 캐딜락 신형 차를 타고 카페로 갔다.

에넬라는 외관이 하얀 건물로, 전방이 탁 트여 있고 발코니 위로는 멀리서도 알아볼 수 있게 크게 나무를 깎아 간판을 달아 놓았다.

에넬라에 들어서자 좋은 커피 향이 그윽하게 났다. 익숙한 듯 아내는 주문하였다.

"모카커피랑, 자기는?"

"알아서 시켜 줘."

"부드러운 커피 한 잔 주세요."

주문을 받은 원주민은 금세 두 잔을 만들어 왔다.

커피를 받자 좋은 커피 향이 났고 월터는 커피를 한 모금 했다.

"커피 맛이 좋네?"

"그치? 그래서 요즘 여자들끼리는 항상 이곳을 찾아."

"그런데 내 커피에다 설탕을 넣었나?"

"아니, 안 넣었을 거야. 여기 설탕 있잖아."

눈짓으로 설탕 통을 알려 주었다.

"그런데 커피가 이렇게 단맛이 난단 말이야?"

"그러니까 이제 쓴 커피를 못 먹겠다는 거야."

월터는 호기심이 생겼다.

"당신 것도 한 모금 마셔 봐도 될까?"

"좋아."

아내의 모카커피를 한 모금 마신 월터의 얼굴은 정말 놀랍다는 표정을 담고 있었다.

"맙소사, 여기 사장이 누구지?"

따르르릉 따르르릉.

대찬의 집에 최근에 들여놓은 전화기가 울렸다. 마침 새로운 사업을 해 보려고 궁리 중이던 대찬이 전화를 받았다.

"여보세요?"

수화기에서는 교환원의 목소리가 들렸다.

─호놀룰루 에넬라에서 전화가 왔습니다.

"네."

잠시 정적이 흐른 후 전화가 연결됐다.

−여보세요.

"호쿠예요?"

−네, 여기 와 봐야 될 것 같아요.

"무슨 일이에요?"

−누가 대찬을 찾아요.

"알겠어요. 금방 갈게요."

집에서 호놀룰루까지는 거리가 꽤 있어서 지나가는 트럭을 얻어 타고 에넬라에 도착했다.

호쿠의 부름에 가서 보니 백인 사내가 기다리고 있었다.

"월터 씨, 여기는 에넬라의 주인 대찬이에요."

월터는 깜짝 놀랐다. 원주민이 부른 카페의 주인이 동양인 꼬마였기 때문이다.

'저 종업원의 행동을 봐서는 여기 주인이 맞는 것 같다. 사업한다는 생각으로 편견을 버리자.'

월터는 복잡한 감정을 추스르며 사업가를 상대하는 마음으로 대찬을 대했다.

"정말 이 카페의 주인입니까?"

"맞습니다. 대찬이라고 합니다. 편하게 존이라고 불러 주십시오."

대찬은 먼저 악수를 청했다.

"반갑습니다. 존, 월터 피콕입니다."

편견 없이 자신을 대하는 월터를 보며 대찬은 상당히 기꺼웠다.

"저를 찾으셨다고요?"

"사업적으로 할 이야기가 있습니다. 이쪽으로 앉으시지요. 여기는 제 아내입니다."

월터의 아내는 일어나 손을 뻗었다. 악수하는 모습을 보고 대찬이 서양식 인사에 익숙하다는 것을 알았다. 대찬은 자연스럽게 손을 잡아 호의를 표했다.

"대찬입니다."

자리에 앉자 월터는 급한 듯 대화를 이어 갔다.

"존, 정말 여기에서 판매하는 음료들을 개발한 겁니까?"

"운 좋게 이것저것 섞어 보다가……."

대찬은 뜨끔했다. 미래에서 왔다고 말할 수 없으니 온전히 그가 개발한 것이었다.

"혹시 더 개발하실 생각이 있습니까?"

"몇 가지 생각해 둔 건 있습니다."

월터는 감탄했다.

"대단하군요. 혹시 파이를 키워 볼 생각 있습니까?"

"사업체를 늘리는 거요?"

"그렇습니다. 제가 투자하고 싶군요."

'근데 뭐 하는 사람이야?'

의심이 갔다. 눈 뜨고 코 베이는 세상에서 살다 온 대찬은 다짜고짜 투자하겠다는 눈앞의 백인을 믿을 수가 없었다.

"혹시 무슨 일을 하시는지 물어봐도 될까요?"

"아, 제 이름만 가르쳐 드리고 소개를 빼먹었군요. 저는 와이키키에서 호텔을 운영하고 있습니다."

월터는 대찬에게 명함을 주었다.

명함을 확인한 대찬은 고개를 돌려 호쿠를 쳐다봤는데 눈이 마주친 그는 고개를 끄덕이며 긍정의 의사를 보냈다.

"와이키키 해변이면, 모아나 호텔 말씀이세요?"

"네, 맞습니다."

신분이 확인되자 대찬은 진지하게 고민했다.

언젠가 본토에 진출하려고 했다. 하지만 인종차별이 심한 시대상 적당한 배경이 없으면 본토 진출은 생각하지도 말아야 한다. 그나마 폴리네시안 문화권이라서 지금까지 수월하게 사업을 할 수 있었다. 하와이제도는 백인들의 숫자가 많지 않았다.

'답은 정해져 있다.'

"좋습니다. 얼마나 투자하실 건가요?"

월터는 승산 있는 사업을 크게 해 보고 싶었다.

"10만 달러를 투자하려고 합니다."

"10만! 그렇게 많이?"

"많다고 생각하지 않습니다. 서부 밀집 지역에 하나씩만 차려도 수백 개는 되겠네요."

현재 대찬의 사업체를 다 합쳐도 10만 달러를 만들려면 못

해도 7년 이상을 모아야 한다. 원두 사업이 커 가고는 있지만, 아직까지는 큰 수입이 되지 않았다.

생각해 보지도 못한 큰 액수를 월터가 투자하겠다고 하니 대찬은 겁을 먹었다.

"그럼 배분은?"

"절반씩."

좋은 제안인지 나쁜 제안인지 판단이 서지 않았다. 좋은 기회임은 확실하지만 왠지 끌리지가 않았다.

'분명한 건, 월터는 내가 아니어도 이 사업을 할 수 있게 될 거라는 거지.'

기술 보존이 쉽지 않을 거라고 생각한 대찬은 대신에 다른 조건을 달기로 했다. 미래를 위해 꼭 필요한 일이었다.

"좋습니다. 대신 조건이 있습니다."

"말해 보세요."

크게 심호흡을 하고 말했다.

"정치적 역량이 있는 사람들을 소개해 주세요."

"하하하, 알겠습니다. 야망 있는 분이었군요."

"그리고 한 가지 더. 운영은 월터 씨가 하시고 저는 교육과 식자재를 대겠습니다."

"좋아요. 그럼 변호사를 불러야겠군요."

월터는 에넬라에 있는 전화기를 들어 변호사를 호출했다.

계약서에 독소 조항이 없는지 차분히 곱씹어 가며 읽었다. 다행히 협상했던 그대로 적혀 있었다.

"좋습니다."

"그럼 서명하시죠."

두 부의 계약서에 서로의 서명을 적고 주고받은 뒤 변호사가 공증 서명을 하자 완벽한 계약서가 작성되었다.

"그런데 특허는 신청했습니까?"

이 시대에 특허가 있을 거라 생각도 해 본 적 없는 대찬은 대뜸 되물었다.

"특허요?"

"이런, 제가 특허 신청까지 해 두지요."

"어쩐지 찝찝하더라!"

특허 증명서를 받은 대찬은 찝찝한 기분이 이해가 됐다. 다행히 특허는 그의 이름으로 되어 있었지만 월터가 정직하지 못한 사람이었으면 영락없이 모든 기술을 뺏길 뻔했다.

"내가 다 특허 신청한다! 다 죽었어!"

월터와 동업을 하고 제일 먼저 카페가 생긴 곳은 모아나 호텔이었다. 호텔 1층 일정 구역에 자리를 마련해 카페를 만들었는데, 호텔의 투숙객들에게 아주 호평을 받았다.

고무적인 상황에 자극을 받은 월터는 적극적으로 본토 곳

곳에 개업을 했는데, 음료를 만들 수 있게 교육을 받은 직원
들의 숫자가 따라가지 못해 확장의 속도가 느리게 진행됐다.

카페 사업이 성공적으로 진행이 되자 원두의 공급이 원활
하지 못했다. 결국 공장을 더 키우고 사람들을 고용했다. 하
지만 숙련자가 될 때까지 제대로 된 원두는 나오지 않으니
시간이 해결해 줄 일이었다.

증기압 커피 기계가 많이 필요하게 되었다. 수작업으로 만
들어 내는 건 한계가 있었다. 월터가 사업을 확장하는 속도
에 맞춰서 가장 중요한 기계의 보급이 이루어져야 맛있는 커
피를 만들어 낼 수가 있는 것이다.

"허가 나 있으니 주문을 맡겨야겠다."

특허가 없다고 생각했을 때는 기술을 보존할 생각으로 외
부에 하청을 줄 생각을 하지 못했지만, 특허가 생기자 맡겨
도 손해 볼 게 없다는 생각이 들었다. 그래서 적당한 기계 제
작 업체를 찾았다.

하와이에서는 설탕 공장과 대찬이 소유한 원두 공장이 제
일 큰 공장이었다. 원두를 볶는 기계를 만들 때 톱니를 주문
했던 공방만 있었고 전문적으로 기계를 제작하는 업체는 없
었다.

스미스 공방.

기계류를 다루는 하와이의 유일한 공방이다.

한쪽에서 공방의 주인인 스미스는 쇳조각을 만지며 한창 작업에 열중하고 있었다.

"안녕하세요."

인사 소리에 스미스는 목소리의 주인을 찾아 두리번거렸다. 대찬의 키가 작기에 단번에 눈에 띄지 않았다.

"오, 존, 왔어?"

"네, 잘 지내셨어요?"

"요즘 존 때문에 흥미로운 것이 생겨서 거기에 푹 빠져 지내고 있어."

"저 때문에요?"

"그렇지! 내가 전에 가서 보니까 커피를 갈아서 쓰더라고. 맞지?"

"그렇죠."

"그래서 내가 새로 만들었지. 이리 와 봐!"

스미스는 신이 나서 대찬에게 원두 가는 기계를 자랑했다.

"잘 봐. 전기를 연결하고 위에다가 원두를 넣고 스위치를 올리면!"

드르르르륵.

원두가 갈리는 소리가 나며 밑에 받치는 용기에 고운 커피 가루가 쌓였다.

"죽이지?"

대찬은 입이 떡 벌어졌다.

"변호사!"

변호사 소리에 스미스는 놀랐다.

"어? 이미 만들었어? 그럼 안 되는데. 아이 참! 존, 내가 잘못했어. 한 번만 봐주라, 응?"

대찬의 전화를 받고 온 변호사는 월터와 계약을 할 때 월터가 불렀던 그 변호사였다.

"저를 찾았습니까?"

"계약이랑 특허 신청을 해 주세요."

"계약서는 어떻게 써 드릴까요?"

스미스와의 계약은 기계 회사를 하나 차리고 지분은 절반씩 갖는 걸로 했다. 원두 분쇄기는 당연히 스미스가 만든 것이니 스미스의 이름으로 특허 신청을 냈다.

구석에서 스미스는 좌절하고 있었다.

"스미스, 이리 와요."

풀이 죽은 스미스는 대찬의 옆으로 왔다.

"읽어 봐요."

"뭔데?"

천천히 읽어 보더니 스미스는 금세 되살아났다.

"정말 같이 일하자고?"

"네, 같이!"

스미스는 후다닥 서명을 하고 벌떡 일어났다.

"존, 이리 와 봐! 더 보여 줄 게 있어!"

대찬을 끌고 가서 이것저것 보여 주기 시작했다.

"이거는 존의 원두 공장 가서 본 건데, 원두 볶는 것을 보고 내가 개량한 거고. 저거는……."

'기계 바보.'

다른 단어는 생각나지 않았다. 그저 기계가 좋아서 해맑게 웃으며 자신의 작품들을 소개하는 스미스는 전형적인 기계 바보였다.

스미스가 제공한 기계와 기존의 것들을 개량한 기계를 등에 업은 커피 사업은 월터가 확장하는 속도를 맞출 수 있게 됐다.

직원 교육은 처음에는 본점에서 했지만 차차 분점에서도 실력 있는 사람들이 나타나서 그들과 나누어서 전담했다.

스미스가 기계를 공급하고 나서 식재료들은 문제가 없어졌기 때문에 월터는 거침없이 서부 지역을 점령하듯이 점을 찍더니 점 찍을 곳이 없어지고서야 멈추어 섰다.

확장을 멈추고 숨을 고르니 어디를 가건 에넬라 카페를 모르는 곳이 없었다. 더불어 수백 개의 카페를 소유하고 사업을 이끌었던 월터는 신문지에 오르내리며 유명 인사가 되어 갔다.

언제부턴가 월터를 부르는 수식어는 커피왕이 되었다.

사업이 안정되자 월터와 나누고도 한 달에 1만 달러 이상의 수익이 생기기 시작했다. 당시 평균 급여가 25달러인 것을 생각하면 1만 달러는 어마어마한 금액이었다.

사업 II

커피 사업을 시작하면서 대찬의 집에 변화가 생겼는데, 밤을 하얗게 불태운 날 대찬의 동생이 생겼다. 귀순의 배는 크게 불러 오고 있었다.

귀순은 항상 먹고 싶은 것이 생기거나 필요한 것이 생기면 길재에게 부탁하는 것이 아니라 대찬을 시켰는데, 하루는 대찬이 물었다.

"엄마, 아버지도 계시는데 왜 저한테 그러세요?"

귀순이 말했다.

"동생이 먹고 싶다잖니."

"엄마, 그건 아버지……."

귀순은 대찬을 문밖으로 밀어냈다.

"어서 갔다 오렴."

집 밖으로 밀려나 귀순이 원하는 음식을 구하러 가는데 반대편에서 명환이 걸어오고 있었다.

"찹찹, 대찬아, 어디 가?"

"엄마 심부름."

"찹찹, 그렇구나, 엄마 심부름 가는구나."

"뭘 그렇게 먹어?"

"찹찹, 사탕. 줄까?"

"응, 하나 줘 봐."

명환이 건네준 사탕은 하얗기만 한 게 그저 설탕 덩어리로만 보였다.

우물우물.

"맛있지?"

생각보다 맛은 괜찮았는데 퍼석한 식감이 살짝 껌을 씹는 듯한 느낌을 줬다.

"근데 대찬아, 있잖아."

"뭔데?"

"케이크 먹어 봤어?"

"케이크?"

"응, 케이크."

"잠깐만, 사탕, 케이크, 디저트!"

"디저트는 뭐야?"

"밥 먹고 난 다음에 마지막으로 먹는 음식."

"숭늉?"

"그래, 숭늉 같은 거야!"

"그럼 케이크도 디저트야?"

"응!"

"그럼 케이크는 숭늉 맛이구나!"

"……."

월터는 물었다.

"그러니까 차만 팔 게 아니라 간단한 요깃거리도 같이 팔
자는 말이지요?"

"네, 대부분 차를 후식으로 많이 마시니, 간단한 디저트와
아침이나 점심때 간단히 먹을 수 있는 음식, 과일을 같이 팔
자는 거예요."

"수익성이 있을까요?"

"충분하다고 생각합니다. 여성분들은 달콤한 음식을 좋아
하니까요. 실제로 주 고객층도 여성분들이잖아요. 아, 그리
고 한 가지 더하자면 대회도 하나 열었으면 좋겠습니다."

"무슨 대회요?"

"디저트 경연 대회를 여는 거예요. 그리고 우승자의 음식
레시피를 적당한 상금을 통해서 얻을 수 있으니, 맛있는 디
저트를 만들어 팔 수 있지요."

"좋습니다. 진행해 보도록 하지요."

상의한 대로 각 지역에서 디저트 경연 대회가 열렸다. 우승자에게는 큰 금액인 3백 달러를 약속했는데, 이 때문인지 디저트 열풍이 불었다.

대회의 우승자가 결정되고 카페에서는 우승한 사람의 디저트 판매를 시작했는데, 대찬의 생각과는 다르게 매출 상승에 큰 도움이 되지 않았다. 이는 아직까지는 식사는 정식적인 식당 혹은 집에서만 먹는 것이라고 인식하는 사람들이 많았기 때문이다. 그저 쿠키만 간간이 팔렸다.

대찬에겐 실패가 교훈이 되었다. 미래의 기억이 무조건 다 통하지는 않는다는 것을 알게 되었다. 그래서 현재의 상황에 맞는 일을 먼저 해야겠다는 생각이 들었다.

다시 만난 월터와의 회의에서는 성공할 것을 생각했다.

"존, 안타깝지만 디저트는 실패했군요."

월터는 디저트의 실패를 예상하고 있었다. 하지만 혹시나 했기 때문에 시작했으나 나중에는 역시라는 생각이 들었다.

"그래서 생각한 게 있습니다."

탁.

대찬과 월터 사이에 있는 탁자에는 물건이 하나 올라와 있었다.

"이게 뭡니까?"

"종이컵입니다."

"그럼 종이로 만든 컵인가요?"

"네, 말 그대로 종이로 만든 컵이에요."

의아한 표정으로 월터는 말했다.

"이건 찻잔으로 쓸모가 없을 것 같군요."

"아니요. 어차피 일회용이니 한 번 쓰고 버리면 됩니다. 그 한 번만 버티면 되는 거지요."

"이 종이컵이 무슨 효과가 있습니까?"

"테이크 아웃을 가능하게 합니다!"

"테이크 아웃!"

종이컵의 가능성을 느낀 월터는 투자를 통해 절반씩 나누고 싶었으나 대찬은 지분의 10퍼센트만 투자를 받고 더 이상은 허용하지 않았다.

에넬라 커피는 테이크 아웃을 시작했다.

종이컵에 음료를 제공하자 바쁜 사람들이 사 가기 시작했는데, 굉장한 회전률이 생겼다. 더불어 좋은 소식이 들렸는데, 갑자기 디저트 판매율이 올라가기 시작한 것이다. 이유를 알아보았더니 커피를 테이크 아웃으로 사서 집으로 가는 사람들이 가족 생각이 나서 달콤한 디저트를 사 가기 시작했던 것이다. 종이컵은 여러모로 전화위복이 되었다.

사업이 안정되자 월터는 약속대로 정치적 역량이 있는 사람들을 소개시켜 주었는데, 처음으로 소개시켜 준 이들은 하와이의 네 개의 지주 가문이었다.

소개 장소는 모이나 호텔의 스위트룸이었는데, 다른 마땅한 연회장이 없어서 호텔에서의 만남이 이루어졌다.

대찬은 오늘을 위해서 수제 양복을 맞췄으며 이것저것 그들의 격식에 맞게 갖추고 보니 거의 1백 달러나 들었다.

잔을 든 월터는 작게 잔을 쳤다.

팅팅.

"자, 여러분, 제가 여러분들께 소개시켜 주고 싶은 사람이 있습니다."

그는 능숙한 솜씨로 대찬을 대중에게 소개했다.

"여기 이 친구 이름은 존 대찬 강이라고 합니다. 존이라고 부르시면 될 것 같습니다. 여러분이 궁금해하시는 저의 최근 사업의 파트너가 바로 이 친구입니다."

소개가 끝나자 가장 먼저 나서는 사람이 있었는데, 하와이의 왕족인 알리이 가문 사람이었다.

"반갑습니다. 우리 식구들을 잘 챙겨 주고 있다면서요. 이야기는 많이 들었습니다. 나는 노카 알리이라고 합니다."

"반갑습니다. 존이라고 불러 주세요."

"나이가 어린데 대단하네요."

"아니에요. 운이 좋았어요."

옆에서 듣고 있던 월터가 입을 열었다.

"운이 좋다고 하기에는 너무나 혁신적인 생각과 물건 들이 많습니다. 여러분들도 아시겠지만, 최근에 종이컵이 얼마나 성과가 컸습니까?"

"월터 씨가 말씀을 잘하셨습니다. 그래서 종이컵 회사 투자를 받아 지분을 여러분들과 함께 나누려고 합니다."

전부터 생각하고 있었다. 여기에 앉아 있는 가문들과 관계를 좋게 맺어야 하와이에서의 사업도 수월할 것이고 본토로 나갔을 때도 여기 있는 사람들의 도움을 받을 수 있을 것이라고.

"그럼 파이를 얼마나 나눠 주려 합니까?"

"10만 달러에 10퍼센트를 여러분들에게 드리겠습니다."

종이컵은 혁신적 제품이라고 해도 과언이 아니었다. 카페에서만 사용되는 것이 아니라 기존에 도자기를 쓰던 자판기에서도 종이컵을 사용하게 됐고, 찻잔이 불편한 곳은 어디든지 종이컵이 사용되면서 엄청난 물량을 요구했다.

하와이에서는 종이컵을 만들 때 필요한 나무를 제대로 수급할 수 없기 때문에 네 개의 가문들과 연합하여 공장을 본토로 옮길 생각을 했다.

결국 각 가문에서 10퍼센트의 지분을 갖고 대찬에게 10만 달러씩을 주었으며 공장은 본토로 옮기기로 했다. 그리고 나머지 60퍼센트 중 10퍼센트는 종이컵을 만드는 기술을 개발하는 데 많은 기여를 한 스미스에게 돌아갔다.

성공적인 사업체에 제법 투자를 한 사람들은 기분이 좋게 축배를 들었다.

본토에 종이컵 공장을 차리기 위해 대찬이 직접 가서 살펴보려 했지만, 길재의 반대로 가지 못하게 됐다. 그래서 작은 아버지인 길현과 스미스가 같이 공장을 만들러 가게 됐다.

공장은 나무가 가장 많은 오리건 주의 포틀랜드에 짓게 됐는데, 포틀랜드 시에서는 큰 공장이 들어선다고 하자 쌍수를 들고 환영했고 직접 공장 자리를 알아봐 주는 수고도 마다하지 않았다.

떠나는 길현에게 대찬은 꼭 정치인들과 친분을 만들라고 부탁을 했는데, 덕분에 공장은 스미스 혼자서 관리 감독했고 길현은 여기저기 발바닥에 불이 나도록 정치인들과 만나고 다녔다.

🎩

대찬의 집에는 금줄이 걸렸다. 두 줄이 걸렸는데, 하나는 아들을 상징했고 또 하나는 딸을 상징하는 줄이었다.

금줄이 걸려 있는 집은 외부인 출입을 금했는데 귀순이 말하기를…….

"대찬이는 외부에 많이 다니니 당분간 다른 곳에서 살아라."

이 말을 듣고 집에서 쫓겨났다. 아직까지 백인이나 다른 민족들을 무서워하는 귀순의 마음을 이해했기 때문에 대찬

아메리칸
드림

은 근처 친척 집에서 잠을 잤다.

"오래간만에 나오니까 좋네!"

해변의 아지트였던 곳은 가다랑어포 공장으로 변했기 때문에 선선하게 바람 잘 드는 곳에 새로 아지트를 만들고 해먹을 달았다.

"대찬아, 놀자!"

명환은 대찬이 한가로이 있을 때면 어떻게 알았는지 귀신같이 나타났다.

누워 있던 해먹에서 대찬은 벌떡 일어났다.

"명환아, 여기 누워 봐."

"응."

명환은 대찬이 자리했던 해먹에 누웠다.

"간다! 슝~."

명환은 해먹에서 한참을 그네 타는 기분을 느끼며 신나 했다.

"자, 이제 눈 감아 봐."

"왜?"

"더 재밌는 거니까 일단 감아 봐."

"알았어."

"그리고 숫자를 세는 거야."

명환이 곧바로 숫자를 셌다.

"하나, 둘……."

대찬은 주문을 외웠다.

"잠이 온다. 잠이 온다."

미동이 적어지자 명환은 잠이 들었다. 대찬은 발소리 나지 않게 조용히 자리에서 벗어났다.

다음 날 대찬은 편하게 쉬고 싶어서 해먹을 찾아 해변으로 갔다. 해먹 근처에는 익숙한 모습이 보였다.

"명환아."

명환은 뒤를 돌아 검지로 입술을 막으며 조용히 하라고 표했다. 잠시 뒤 명환은 대찬에게로 왔다.

"명환아, 뭐 했어?"

"응, 순이 재웠어!"

"……."

포틀랜드의 종이컵 공장이 완공되자 공장에서 생산된 컵이 본토 전체로 퍼져 나갔다. 하루에 줄잡아 트럭으로 수십 대가 왔다 갔다 했다.

하와이의 지주들은 이를 무척이나 만족해했고 대찬은 정기적으로 모임에 나오라는 제의를 받고 모임의 일원이 되었다.

그러다 보니 하와이의 인맥이 늘어나기 시작했다. 모임에는 사土 자가 들어가는 직업들이 다 포함되어 있었고 제법 이름값이 있는 사람들은 죄다 출석했다.

"존, 또 새로운 사업 안 하나요?"

대찬은 최근 들어 이런 질문을 제일 많이 받고 있었다. 손대는 사업마다 대박을 치고 있으니 주변의 기대감이 하늘을 찔렀다.

"생각해 둔 게 있기는 한데요."

주변에서 귀를 쫑긋이 세운다.

"돈이 너무 많이 들어서 엄두를 못 내겠어요."

성격 급한 사람들은 말해 보라고 재촉했다.

"오아후 섬이 천혜의 자연환경을 가지고 있는 것은 다들 아시죠?"

"여기만큼 환경이 좋은 곳은 없지요."

"저는 호놀룰루와 와이키키를 이어서 세계 최대의 관광단지로 만들고 싶거든요. 그런데 돈이 너무 많이 드네요."

"계획이 있습니까?"

"당연히 있지요. 하지만 제가 최근에 돈을 많이 벌어서 모아 둔 게 꽤 있는데, 그래도 엄두를 못 내겠네요."

"얼마나 많이 필요하기에 존이 겁을 내는 거예요?"

"글쎄요. 최소한 몇백만 달러가 필요하지 않을까 싶은데요."

와이키키에 호텔을 소유하고 있는 월터는 애가 탔다. 관광지로서의 성공은 자신도 확신하고 있었는데 대찬까지 세계 최대의 관광단지 운운하자 도전해 보고 싶었다.

"존, 한번 해 봅시다!"

대찬은 놀랐다. 넌지시 운만 띄우고 와이키키의 땅을 야금 야금 살 계획을 하고 있었는데 월터가 나서서 관광지로 개발을 하자고 하니 뭔가 틀어진 느낌이 들었다.

월터가 선동하고 나서자 모임의 모든 이들이 서로 투자를 약속하며 월터의 의견에 동참하였다.

"아…… 하, 하하."

이들의 재력이 얼마나 대단한지 순식간에 몇백만을 넘어서 천만 단위까지 도달했다.

결국 이들도 돈 쓸데는 없고 투자는 해야 되는 상황이라 돈이 되겠다 싶으니 묻지 마 투자를 감행하는 사람들이었다.

모임에 속하지 않은 외부의 변호사를 초대해 하와이관광 주식회사를 설립하고 그 자금으로 와이키키를 중심으로 땅을 무차별 매입했다. 별로 쓸모없어 보이는 땅까지 구매하자 투자자들은 불안해했으나 대찬이 청사진을 보여 주자 언제 그랬느냐는 듯 조용해졌다.

와이키키를 중심으로 대규모 공사가 진행되었다. 기존에 모아나 호텔을 중심으로 나란히 호텔 건물들을 더 올렸고 그 뒤에 연회장과 카지노 건물을 예정했다. 그리고 한적한 곳들을 골라서 수영장이 딸린 독채들을, 해변의 조용한 곳에는 개인 해변이 있는 독채들을 만들었다.

특히 신경을 쓴 것은 각 건물들이 서로의 시야를 방해하지 않는 것이었는데, 어느 건물에서든지 앞바다를 시원하게 볼 수 있게 하였다.

건물들은 서로 차가 이동하기 편하게 차도를 놓고 사람들이 다니는 길은 산책하기 편하고 눈이 즐거운 곳들로 새로이 정비했다.

대찬이 카지노를 이야기하자 처음에는 다들 불법이라며 난색을 표했다. 하지만 관광 특수 효과를 이야기하며 설득하자 하와이 공무원 회원들이 나서서 허가를 받기 위해 여기저기 알아보고 다녔다. 결국 본토와 많이 떨어져 있는 데다 하와이에서 야심 차게 준비하는 것을 인정받아 간신히 허락이 떨어졌다. 물론 인정받기까지는 수많은 로비들이 함께 진행되었다.

하와이까지의 이동 수단은 배가 유일했는데, 정기적으로 다니는 배는 흔치 않았다. 교통이 편해야 찾는 사람이 많은 것은 당연한 일이므로 해운 회사를 설립하여 태평양을 운행할 수 있는 여객선을 마련했다. 그리고 관광지가 완성되기 전부터 하와이에 갈 수 있는 정기적인 날짜를 잡았다. 사람들에게 알리기 위해서였다.

연회장에서 공연을 할 수 있는 댄서와 연주가 들을 모집했

고 원주민들의 공연 또한 빼먹을 수 없었다. 개장하는 순간
에는 큰 규모의 화려한 개장 행사를 하기 위해서 미리부터
고용하고 연습에 들어갔다.

호텔의 직원들도 대찬이 직접 교육하였는데, 손님의 마중
부터 어떻게 대하고 행동하야 하는지 모든 지침들을 현대식
으로 뜯어고쳐 모든 것을 투숙객의 편의 위주로 만들었다.

마지막으로 하와이에 대해서 홍보할 수단이 필요했는데,
대찬은 에넬라의 체인들을 이용했다. 모든 에넬라 카페에 하
와이의 자랑과 관광지로서의 매력을 어필하였다. 그리고 어
떻게 올 수 있는지에 대한 방법과 카지노, 더불어 화려한 공
연까지 한다는 것을 적극적으로 알리며 개장하는 날짜까지
적어 놓았다.

이 모든 것을 완성하는 데 걸린 시간이 2년 가까이 되었
다. 벌써 1908년의 끝이 다가오고 있었다.

세계 최대의 호텔이라고 선전한 알로하 호텔의 개장은 12
월 24일이었다.

알렌 부부는 미국 전역에 화제가 된 하와이 알로하 호텔에
가기 위해 몇 달 전부터 준비를 했다.

낙원이라고 표현된 이 섬을 처음 알았을 때는 별 관심을
갖지 않았지만, 계속되는 신문의 탐방기와 실린 사진들을 보
고는 꼭 가 봐야겠다는 생각이 들었다.

평소에 자주 다니는 에넬라에서 모든 정보를 알 수 있었기

에 정해진 항구에서 하와이로 가는 정기선을 타고 몇 날 며칠을 거쳐 하와이에 도달할 수 있었다.

하와이까지 가는 도중엔 잦은 멀미 때문에 힘들었으나 선착장에 도착하자 길게 늘어서서 준비된 차들이 부부를 맞이했다. 포드 사에서 만든 T 모델들의 옆면에는 알로하 호텔이라고 적혀 있었다.

배에서 내린 부부를 향해 반듯한 복장의 사내가 물었다.

"호텔에 가십니까?"

"네."

"이 차에 타시면 됩니다."

부부가 탄 차가 와이키키 알로하 호텔 입구에 서자 역시 또 한 사내가 문을 열어 주며 말했다.

"알로하, 어서 오십시오."

말이 끝나기가 무섭게 입구 좌우에 쭉 서 있던 직원들이 외쳤다.

"알로하."

부부는 수영장이 있는 독채에 투숙했는데, 아직까지 남녀가 함께 해변에서 뛰노는 모습을 남들에게 보이기 힘든 시기였기 때문이다.

식사와 공연, 이들에게 제공되는 서비스는 이때까지 경험해 보지 못한 것이었다.

부부는 집으로 돌아가는 날 방명록에 이렇게 썼다.

"천국은 있다."

하와이에 모든 전력이 투입된 사업은 대성공이라는 말로
도 부족할 정도였다. 끊임없이 관광객들이 몰려들었다. 최고
의 대접을 하기 위해 직원도 많이 필요했고 숙박비도 비쌌지
만 알면서도 사람들은 계속해서 하와이를 찾았다.

하루 수입이 엄청났는데, 카지노 효과 때문인지 하루에 많
게는 10만 달러 이상의 금액이 들어왔다.

대찬의 계획과 투자한 금액은 총투자 금액의 15퍼센트로
산정되었는데, 한 달에 호텔 사업으로만 30만 달러 이상의
금액을 배분받았다.

알로하호텔주식회사 대표로 취임한 것은 월터였는데, 대
찬의 나이가 어린 것도 있었지만 백인이 아니었기 때문이다.
피부색이 중요한 시대에 큰 사업체의 전면으로 나서는 건 좋
지 않았다.

투자자들도 진두지휘하는 대찬을 믿고 투자한 것이었지만
대표의 자리를 유색인종에게 넘기기 꺼리는 분위기라 대찬
은 수긍하며 받아들였다. 그래서 호텔에 미흡한 부분만 간혹
지적했고 배당금만 받았지만, 속이 쓰린 것은 사실이었다.

호텔 일은 어쩔 수 없었지만 다른 부분은 달랐다. 특허
신청을 이용하여 물건들을 선점하였는데, 우유갑, 원터치
캔, 지퍼 등등 만들기 편하고 유용한 물건 수십 가지를 선

점했다.

특히 당장에 물건들을 편하게 바꿀 수 있는 것들은 다른 업체에서 일정 부분 사용료만 받고 직접 생산을 하지 않았는데, 이 수익금도 굉장히 컸다.

♠

스미스의 회사는 계약 이후 엄청난 성장을 이루어 냈는데, 처음에는 주로 대찬의 커피 기계 쪽에 관심이 있었다. 그러다가 다른 쪽에 하나씩 응용하기 시작했는데, 점점 다른 쪽으로 사고가 열려 가전제품들을 하나씩 만들었다.

만들고 나면 항상 대찬에게 가지고 와서는 평가받기를 원했는데, 스미스는 대찬의 안목을 그만큼 믿고 있었다.

스미스는 술만 마시면 항상 '존을 만나지 못했다면 아직도 말도 되지 않는 기계를 만들겠다고 설치고 있었을 거야! 내 인생의 동반자!' 이렇게 말하곤 했다.

"아, 덥다, 더워!"

대찬은 집 마루에서 자고 있는 동생들에게 부채질을 해 주고 있었다. 겨울이라지만 기후가 좋은 하와이는 한낮이 되면 내리쬐는 햇빛에 무더웠다.

대준과 연화는 대찬의 쌍둥이 동생들이었는데, 한참 놀다가 낮잠 시간이 되자 잠이 들었다. 그러자 귀순은 일 보러 간다며 대찬에게 떠넘겼다.

"대찬아, 놀……."

대찬의 재빠른 행동에 명환이 입을 닫고 다시 작은 소리로 소곤거렸다.

"놀—자~."

대찬은 고개를 까닥이며 명환을 가까이 불렀다.

"명환아, 순이는 네 동생이지?"

"응."

"그럼 나는 네 친구니까 순이가 내 동생도 되지?"

"응."

"그럼 여기 있는 대준이랑 연화도 네 동생이지?"

"응."

"이리 와 봐."

명환에게 부채를 넘겨줬다.

"이리 앉아."

자리를 비켜 주고 명환을 앉혔다.

"나 일 좀 보고 올게."

명환의 입이 댓 발은 튀어나왔다.

"어디 가는데?"

"돈 벌러 갔다 올게."

"왜?"

"그래야 너희들 맛있는 거 사 주지!"

"맛있는 거?"

"그래, 금방 갔다 올게."

대찬은 줄행랑을 쳤다.

도착한 곳은 스미스의 공방.

도착하자 반갑게 맞이해 주는 스미스였다.

"존, 오늘은 무슨 일이야?"

스미스는 대찬이 오는 것이 항상 반가웠다. 새로운 것에 대해 알려 주거나 영감을 주었기 때문에 볼수록 반가운 사람이었다.

"부탁이 있어서 왔어요."

"뭔데?"

"선풍기 좀 만들어 줘요."

"선풍기?"

"전기의 힘으로 돌아가서 바람을 불게 하는 장치 말이에요."

"그걸 선풍기라고 부르는구나!"

스미스는 이미 알고 있다는 듯이 말했다.

"엥, 알고 있어요?"

"당연히 알지, 오래된 물건들인데."

주변에서 볼 수 없어 없는 물건이라고 생각했는데 존재하는 물건이라고 하자 대찬은 놀라웠다.

"아무튼 만들어 줄 수 있어요?"

"그럼! 누구 부탁인데 당연히 만들어 줘야지."

"그리고 한 가지 더 있어요."

"뭔데?"

"냉장고라고 들어 봤어요?"

"그것도 알아. 만들기 힘들다고 하던데?"

"그것도 좀 부탁해요."

알쏭달쏭해하며 스미스는 생각에 잠겼고 대찬은 조용히 집으로 갔다.

집에 도착하자 명환은 온데간데없고 순이가 대준과 연화 둘을 돌보면서 씨름하고 있었다.

"순이야."

"대짠이 오빠!"

"명환이는?"

"우리 오빠, 일 보러 갔쪄."

"일?"

"응, 일."

"명환이가 무슨 일을 보러 가?"

"물고기 잡으러 간댔쪄, 잡아서 우리 준다꼬."

"……"

대찬이 벌어들인 수입은 대부분 정치인들 로비하는 데 사용됐다. 특히 대찬의 작은아버지인 길현과 이주 초기 통역일을 하던 인수는 본토를 돌아다니며 정치인들과의 인맥을 넓히고 있었다.

로비를 하는 목표는 딱 한 가지였는데, 한국인들을 망명객으로 인정해 달라는 것이었다. 그러면서 동시에 중국인들과 일본인들의 이주를 막기 위한 노력을 많이 했다.

그렇게 로비를 하고 돈을 뿌려 댔지만 번번이 통과되지 못하고 어느 선에서 막히곤 했는데, 이유는 미국의 대외 노선이 일본을 지원하고 밀어주는 것이기 때문이었다.

그래도 포기할 수 없어서 로비는 계속해서 진행되었다.

미국의 제27대 대통령 선거가 시작되었다. 제26대 대통령이었던 시어도어 루스벨트는 1908년 재임 시절 불출마 선언을 했다. 대신 그가 지목한 공화당의 국방부 장관 윌리엄 하워드 태프트와 민주당에서는 세 번째 대선 출마를 한 윌리엄 제닝스 브라이언이 출마하였다.

길현의 로비 선은 윌리엄 제닝스 브라이언에게 닿았고 정치자금을 건네주며 약속을 받았는데, 자신이 대통령이 되면 한국인의 망명을 인정해 주겠다고 하였다.

그런데 두 윌리엄의 경쟁은 결국 윌리엄 하워드 태프트의 승리로 끝났다.

샌프란시스코에서 하와이로 돌아가기 위해 배를 기다리던
길현과 인수는 평소 길재와 교류가 많은 안창호의 집에서 숙
식을 해결했다.

"자네들, 나랑 같이 갈 곳이 있네."

안창호는 두 사람을 데리고 어느 집으로 들어갔다. 그곳에
는 여러 사내들이 있었다.

"반갑습니다. 박용만입니다."

"이승만이오."

두 사람 외에도 여러 사람들이 자신들의 소개를 했다. 분
위기가 정리가 되자 안창호가 입을 열었다.

"지금 우리가 여기에 모인 이유는 현재 여러 가지 회로 분
리되어 있는 한인회를 하나로 합쳐 조직의 힘과 역량을 기르
고 아울러 한국인을 보호하기 위함입니다."

분위기는 한창 힘을 합쳐서 극복해 나가자는 거였는데, 길
현과 인수는 뚱한 표정을 지었다.

"두 분은 왜 그러십니까?"

좋은 분위기 속에 두 사람만 표정이 좋지 않자 티가 날 수
밖에 없었다.

"도산에게는 미안한 말입니다만, 저기 앉아 있는 이승만
이 있는 한 나와 우리 하와이는 그 단체에 가입하지 않을 것

입니다."

"그게 무슨 말씀이십니까? 한인들이 다 같이 잘되자고 하는 일인데, 제가 마음에 들지 않는 일이 있으시면 말씀하십시오. 그래야 서로 오해가 풀리지 않겠습니까?"

자신의 이름이 거론되자 이승만은 길현을 달래기 위해 노력했다.

길현은 문득 대찬이 해 줬던 말이 생각났다.

"작은아버지, 본토에 가시면 조심해야 할 게 몇 가지 있습니다."

"무엇이냐?"

"백인 우월주의 집단, 친일파, 일본인 마지막으로 이승만이라고 하는 작자입니다."

"다른 것은 다 이해하겠다만, 이승만은 왜 그러느냐?"

"이승만은 미주 한인들에게는 악의 근원입니다. 자신의 신변 보호를 위해 수시로 말을 바꾸고 독립운동을 한다 나서지만, 입으로만 합니다. 특히 이번에 미국인 친일파 저격 사건이 있지 않았습니까?"

"알고 있지. 용감하신 분들이셨다."

"그 두 분 정인환, 전명운 의사 두 분의 재판에 변호가 아니라 단지 통역이 필요하다고 했을 뿐인데 거절한 자입니다. 예수교인으로서 살인자들의 통역을 하고 싶지 않다고 말이지요. 다른 한인들은 도와주기 위해 십시일반 변호사비를 모금하고 있는 중에 말입니다. 이런 식으로 항상 자신을 옹호하고 위험한 일은 비켜 나가며 큰일을 하면 책임지지 않으면서 큰 자리를 차지하려 할 겁니다. 더 중요한 건 세 치 혀로 하는 선동 능력이 대단하다는 거지요. 여기서 말을 계속했다가는 손가락으로 셀 수 없을 정도로 악행들이 나올 겁니다."

"두 분은 전에 만나 이야기했을 때 정의로운 분들이셨다. 그런 일이 있었다니 애석하구나."

길현은 장탄식했다.

이승만은 계속 이야기를 하며 길현과 인수를 설득하려 노력했다. 하지만 두 사람이 듣는 둥 마는 둥 하며 자리에 있자 결국 얼굴이 점점 벌게지기 시작했다.

"어찌 됐든 도산, 나는 이만 가 보겠소."

나가기 위해 일어서다 이승만을 좋지 않은 눈빛으로 보며 말했다.

"확실히 공부를 하기는 한 것 같소. 말이 많은 것을 보니 말이오. 행여나 그대는 하와이에 오지 않는 것이 좋을 것 같소."

떠난 자리에는 찬바람만 부는 것만 같았다.

집으로 돌아온 안창호는 왜 그러는지 자초지종을 물었다.

"그는 도대체 어느 나라 사람입니까?"

아메리칸
드림

길현은 이 한마디만 하고 더 이상 말하지 않았다.

🎩

"시대는 급변하고 있는데 뭔가를 제대로 할 수가 없네?"

1900년에 태어난 대찬은 아홉 살이 되었다. 덩치는 또래보다 컸으나 아직 어린아이의 몸은 어쩔 수 없었다.

"몸이 이러니 군대도 못 만들어, 운이 좋아 사업은 했지만 피부색 때문에 사업도 마음대로 못 해. 내년에는 우리나라가 일본에 합병될 거야. 그리고 올해 이등박문을 저격할 것이고……"

대찬은 상해로 갔던 배에서 만난 안중근을 또렷이 기억하고 있었다.

"이대로 죽기는 아까운 분인데……."

특수부대 위관 장교였던 대찬은 군대에서 배운 군 지식들이 상당했다. 중대장의 특성상 다방면의 기술들, 즉 폭파, 정찰, 저격, 통신, 중화기까지 알고 익혀야만 했다. 다만 현재 문제가 있다면 가르칠 사람이 없다는 것과 본인의 기술인데도 불구하고 육체 때문에 할 수 없다는 것이었다.

금으로 산을 쌓을 거라고 말했던 안중근과의 약속은 점점 실현이 되고 있었지만 약속을 한 대상이 죽을 수밖에 없는 운명이라는 것에 심각하게 고민이 되었다.

"그 일이 있어야만 되는 일이기는 한데……."

이등박문은 늑약의 상징적인 인물이다. 그리고 안중근의 저격은 독립운동의 무장투쟁의 신호탄이 되기도 했었다.

위국헌신爲國獻身 군인본분軍人本分.

스스로를 군인이라 여겼던 안중근의 글은 대찬의 마음에 깊게 자리해 있었다.

"일단 안중근 선생님부터 찾자!"

길재는 대한제국(이하 한국)을 찾았을 때 안창호와 만나 신민회 창설에 동참하였다. 하와이로 돌아온 이후에는 꾸준히 자금을 지원해 주었는데, 덕분에 한국의 안팎에서 운동을 하는 이들에게 길재의 이름이 알려졌다.

대찬은 길재를 통해서 안중근의 행방을 수소문하였는데, 안중근은 블라디보스토크에서 한인들을 교육하며 지내고 있다고 했다. 연락이 닿을 수 있음을 알자 대찬은 편지를 썼다.

다시 만나고 싶은 마음에 금산이 편지를 씁니다.

러시아 블라디보스토크에 계신다고 들었습니다. 몸은 건강히 잘 지내고 계신지요? 저는 금으로 산을 만들겠다는 약속을 하였고 지금 당장 산을 쌓지는 못하지만 조금씩 이루어 내고 있습니다.

조국의 이야기를 입으로밖에 들을 수 없지만 점점 상황이 좋지 않다고 들어……. 그래서 제가 번 돈의 일부분을 보냅니다.

기억하시지요? 독립운동도 돈이 있어야 할 수 있다고 했던 것을요. 조국의 독립을 위해 의미 있게 써 주시기 바랍니다.

대찬은 1천 달러 지폐로 10만 달러를 인편으로 보내 주었다. 큰 금액이었지만 부피가 작아 다른 물건 속에 넣어 돈이 있다는 것을 위장하여 보냈다.

스미스와 대찬은 한창 이야기 중이었다. 대찬의 부탁에 스미스는 선풍기를 만들었는데, 대찬이 선풍기를 보자 위험하다고 불만을 표했기 때문이다.

"그러니까 선풍기가 저러면 안전하지 않다는 거지?"

"당연하죠. 날개도 쇳덩이로 만들어졌는데 저기에 손이라도 들어가면 크게 다치겠죠."

"그럼 안전장치를 만들어야겠네?"

"그렇죠. 그러니까 날개를 중심으로 도는데, 방해되지 않게 둥글게 철망을 씌워 감싸면 안전하게 쓸 수 있을 거예요."

"아하! 이런 모습으로 말이지?"

스미스는 빈 종이에 그림을 그려 갔는데 미래의 선풍기 모습과 흡사했다.

"대찬아!"

명환이 올 일이 없는 스미스 공장에 와서 대찬을 찾았다.

"웬일이야?"

"손님 왔대!"

"손님? 알았어. 스미스, 부탁해요."

집에 도착해서 보니 여러 사람들이 함께 담화 중이었다.

"아버지, 찾으셨어요?"

"그래, 이리 오너라."

근처에 가서 함께 자리한 사람들을 면밀히 살펴보니 승복을 입은 사람과 그 옆에 나이를 많이 먹은 사람, 그 뒤에 자리 잡고 앉아 있는 사람들이 있었다.

"인사드려라, 한국에서 오신 분들이시다."

"안녕하세요. 강대찬이라고 합니다."

"나무 관세음보살, 소승은 현혜라고 합니다."

"김 씨."

김 씨라고 소개한 사람은 꼬장꼬장하게 생겼는데, 특히 미간에 주름이 많고 얼굴색이 붉은 게 성질이 급해 보였다.

"저를 무슨 일로 찾으셨어요?"

"아들아, 이분들이 여기에 사찰을 하나 짓자고 하시는데 네 생각이 어떤지 묻고 싶어 이리로 불렀다."

"사찰요?"

"그래, 이곳에 지어도 별문제가 없는지 묻고 싶었다."

길재의 질문에 대찬은 고민을 했다.

아메리칸
드림

'예수교 성향이 강한 나라이지만 하와이는 괜찮을 것 같기도 한데.'

"어렵네요. 한번 알아봐야 되겠어요."

"너를 부르기를 잘한 것 같구나. 이유가 뭐냐?"

"불확실해요. 어떻게 받아들일지 모르겠어요. 미국 헌법에 어떠한 종교도 국가 종교가 될 수 없다고 명시되어 있지만, 예수교의 색이 무척 강한 나라라 여러 사람을 만나서 물어봐야 되겠어요."

"흠…… 그렇구나."

"그런데 사찰을 지으려면 목수가 있어야 할 텐데, 하와이에 그걸 지을 만한 분들이 있나요?"

얼굴이 붉은 사내가 말했다.

"그건 걱정하지 않아도 된다. 나의 노스승님이 경복궁을 재건할 때 지휘하셨던 대목장이셨다."

"경복궁이면……."

"나도 그때 거기서 일했었다. 대역사였지! 지금은 흉물스럽게 변해 버렸지만……."

붉은 얼굴이 더 빨갛게 변하며 침울해했다.

"일단 제가 여기저기 알아보고 답을 해 드리겠습니다."

대찬은 하와이의 유력가들을 만나 종교라는 말은 쏙 빼먹고 심신의 수양을 위해 머리를 깎고 공부하는 사람들의 집이라고 설명하고 다녔다. 그리고 못 하나 쓰지 않고 건물을 올리는 목조건물의 아름다움을 말했다. 덧붙여 하와이의 관광산업에도 일조할 수 있다고 설득했다.

아직은 동양을 신비롭게 생각하는 사람들이 많았기 때문인지 관광의 이익을 본 덕인지, 대찬의 생각보다는 흔쾌히 허락을 받을 수 있었다.

현혜는 허락의 소식을 듣자 바로 사찰을 짓기 위한 터를 보기 위해 김 씨와 이곳저곳을 둘러보고 다녔다. 그 일이 끝나자 건물에 쓰일 목재를 보러 다녔으나 하와이에는 필요한 목재가 없어 본토에 가서 직접 목재를 구하러 다녔다.

사찰이 지어지는 과정을 보자 대찬은 전통적인 한국의 물건에 관심이 많아졌는데, 사찰뿐만이 아니라 다른 종류의 기술과 그 기술을 가진 사람들에게도 관심을 갖게 되었다.

그래서 정착한 사람들 중에서 기술을 가진 사람을 찾아보자 갓바치, 옹기장이, 나전칠기 장인 등 여러 가지 기술자들이 있었다.

당장 전폭적인 지원을 해 주었다. 기술이 살아남기 바라는 것도 있었지만 한편으로는 새로운 사업이 생각이 났기 때문이었다.

길현이 하와이에 도착하자 국민회의 소식이 전해졌는데

아메리칸
드림

하와이를 제외하고 본토에 있는 자들끼리 대한인국민회를 설립했다고 했다. 이제 하와이를 제외하고는 전체가 통합됐는데 이승만 역시 포함되어 있었다.

얼마 지나지 않아 길재에게 인편으로 편지가 한 통 왔는데 이승만이 보낸 것이었다.

편지의 내용은 이러했다. 하와이에서 자신을 오해하고 있다, 자신은 돈 없고 가난한 목회자이자 대학생이며 비슷한 처지의 한인들에게 도움을 주기 위해 국민회에 동참하였다, 그러니 오해하지 말아 달라. 글 말미에는 하와이도 국민회에 동참하여 달라고 하였다.

"어떻게 생각하느냐?"

"일단 가입은 해야겠죠. 대신에 이승만에게 답하지 마시고 다른 분에게 답을 하는 게 좋을 것 같아요."

"그럼 그리하자."

대찬은 입맛이 썼다.

배신

  남들보다 잘 먹고 또래보다 컸던 대찬의 육체는 어느 순간 폭발적인 성장을 하게 되었다. 1900년생으로 만 10세가 되자 2차 성장이 시작된 것이었다. 남들보다 이른 성장이었지만 대찬은 빠른 성장을 환영했다.

  몸이 크기 시작하면서 최소한 180센티 이상은 되어야만 백인들에게 지지 않을 거라 생각했기에 키 크는 데 도움이 되는 운동들을 했는데, 주로 유연성을 기르는 운동과 위로 뛰는 운동을 했다. 시간을 투자한 보람인지 하루가 다르게 대찬의 키는 콩나물처럼 쑥쑥 자랐다.

  몸이 커 가고 운동까지 하자 대찬은 항상 배가 고팠다.

  "배고파!"

청량하기만 했던 대찬의 음색은 제법 어른 태가 났다.

"배고파?"

"배고빠?"

대찬의 곁에는 명환과 순이가 있었다. 명환이 대찬을 쫓아다니고 순이는 명환을 쫓아다녔기에 항상 둘은 대찬의 근처에서 맴돌았다.

"낚시하러 가자!"

셋은 낚시를 하러 갔고 물고기를 많이 잡을 수 있었다. 먹기 좋게 꼬챙이에 꿰서 불에 노릇노릇하게 익자 먹기 시작했다.

우걱우걱.

대찬은 게 눈 감추듯 먹어 댔다. 그 모습에 명환과 순이는 얼빠진 듯 보고만 있었다.

명환과 순이의 손에 들고 있는 물고기를 제외하고는 남은 게 없자 대찬은 그것을 보고 입맛을 다셨다.

상어가 물고기를 노리듯 점점 대찬이 둘에게 다가갔다.

"안 돼!"

"후에엥, 내 꼬야."

5월이 넘어 본격적인 여름이 시작되려는 때에 대찬에게

편지가 도착했다. 보낸 이는 안중근이라 하였다.

　1만 8천 리 먼 곳에서 금산에게

　잘 지내는가?

　자네가 보내 준 돈은 잘 받았네. 과연 상상도 할 수 없는 금액이더군. 덕분에 독립을 하려면 돈이 필요하다고 한 이유를 피부로 느낄 수가 있었다네.

　지원금은 굶어 죽는 자들이 없도록 식량을 지원하는 일과 교육을 하기 위해 학교……. 마지막으로 무기를 샀네.

　최근 나와 뜻을 같이하는 열한 명의 인사들과 동의단지회同義斷指會라는 애국 단체를 만들었네. 그리고 우리의 목적을 위해 무명지를 잘라 피로 맹세를 했지.

　금산, 자네를 꼭 다시 만나고 싶네. 다시 볼 날을 희망하네.

　목적을 이야기하지 않았지만, 그게 이등박문(이하 이토 히로부미)과 일본 천왕의 저격인 것을 대찬은 알고 있었다. 바로 펜을 들고 답장을 썼다.

　끝까지 살아남는 자가 승리자.

　반드시 생환하여 미국으로 오십시오.

대찬은 마음이 편치 않았다.

정치인들에게 청탁을 꾸준히 하면서 다른 방면에도 로비를 하였는데, 대학교를 상대로 입학할 수 있게 많은 공을 들였다. 특히 동부의 대학들에 많은 기부를 했는데, 상대적으로 한국을 알릴 기회가 적은 곳을 노려 미국 전역에 한국을 알렸고 좋은 학교들이 많이 있었기에 진학의 유리함을 꾀했다.

또 웨스트포인트 사관학교에 군인에 뜻이 있는 사람들을 모아 보냈는데, 로비하기 가장 힘든 곳이었다.

호놀룰루 항구에는 많은 한국인들이 모여 있었다. 대학교에 가기 위한 자식들이 한날한시 배를 타고 본토로 나갔기에 자식을 본토로 보내는 부모들은 항구까지 배웅을 나왔다.

떠나는 자식들은 배웅 나온 부모들에게 큰절을 하고 다시 볼 것을 약속했고 남는 부모들은 그저 묵묵히 잘 다녀오라는 말만 했다.

대학교에 가는 사람들에게 학비 이외에도 생활비며 용돈까지 챙겨 주어 보냈는데, 기죽지 말고 당당하게 행동하고 한국을 알리라고 하였다.

길현은 로비 활동을 하며 다니던 중 이상한 소리를 들었다.

"길현, 혹시 이승만이라고 압니까?"

"알고 있습니다. 무슨 일입니까?"

"며칠 전에 저를 찾아왔더군요."

길현은 깜짝 놀랐다.

"정말입니까?"

"그자가 한국인이라며 길현의 친구라고 했습니다. 그러곤 길현이 없을 때는 자신이 메신저가 된다고, 필요할 때 자신을 찾아 달라고 하더군요."

"허……."

길현은 말문이 막혔다.

"이미 다른 친구들에게도 들러서 그런 말을 하고 갔다고 들었습니다. 그런데 사실입니까?"

"아닙니다. 제가 아니면 인수인 걸 아시잖아요."

"무슨 일인지는 모르겠지만 정리가 되어야 할 것 같습니다. 이미 불쾌하다는 친구들도 있더군요."

"알겠습니다. 그럼 다음에 뵙죠."

길현은 국민회에 들러서 강력하게 경고를 해야겠다고 생각했다.

쾅!

탁자를 내려쳤다. 길현은 무척이나 분노했다.

"이게 무슨 짓입니까?"

좌중은 조용했다.

"이승만! 그자는 어디 있습니까?"

모두 꿀 먹은 벙어리가 된 듯 말들이 없었다.

"제발 부탁합니다. 지금 하고 있는 일이 우리 동포들에게 얼마나 중요한지 아시지 않습니까?"

"미안합니다. 우리는 아무도 모르고 있었습니다."

길현이 동포들을 위해서 로비하고 다니는 일은 알고 있었지만, 이승만이 로비의 대상들을 자기가 직접 만나고 다닌다는 사실은 국민회 사람들 중 아무도 몰랐다.

흥분한 길현은 마음을 가라앉혔다.

"제가 큰소리치고 무례한 것에 대해서 여러분께 사과드립니다. 성과가 나타나지 않으니 마음이 조급한 것 같습니다. 앞으로는 필요할 때 저나 정인수, 그 친구를 통해 정식으로 소개가 이루어졌으면 합니다."

"알겠습니다."

길현은 결국 이승만을 어디에서도 찾을 수가 없었다.

🎩

대찬에겐 취미 삼아 하는 일이 하나 있었는데, 그것은 수집이었다.

지금이 아니면 볼 수도 만질 수도 모을 수도 없는 것들을 찾아 수집했다. 수집하다 보니 양이 방대해졌는데, 보관할 곳을 따로 마련해야 할 정도였다.

"모으면 돈이 된다?"

대찬은 다음 사업이 생각이 났다.

길재와 대찬은 마주 앉았다.

"캘리포니아에서 해야 된다는 말이지?"

"네, 수많은 작물들을 기르고 발전시켜야 하니까요."

"네가 하는 일에 대해서 이제까지 실패가 없었으니까 너를 전적으로 신뢰를 하지만, 자라고 자연스럽게 열매를 맺는 곡물들이 크게 사업할 정도의 일인 게냐?"

"네, 꼭 해야만 하는 일이에요."

대찬은 딱 백 년 뒤를 생각했다.

IMF(국제통화기금, International Monetary Fund) 이후에 미래의 정부에서는 돈 되는 것을 다 팔았는데, 그중에는 토종 종자 역시 포함이 되었다. 즐겨 찾던 청양 고추 같은 토종 작물들마저 소유권은 외국 메이저 곡물 회사가 가지고 있었다. 그리고 그들이 툭하면 세계적으로 곡물 가격을 가지고 압박하고 장난치던 것이 생각났다.

"맛있는 과일을 더 맛있게, 적게 열리는 열매를 많이 열릴 수 있게 종자를 연구하고 개량해서 판매하는 거예요. 그 종자를 소유하고 있고 구할 수 있는 곳이 한 곳뿐이라면, 거기

서 종자를 구할 수밖에 없어요. 그러니 미래를 보면 꼭 해야
되는 사업이에요."

"미래를 위한 사업이구나?"

"네, 처음에는 대농장처럼 보일 거니까, 큰 문제는 없을
거라고 생각해요."

길재는 외모는 앳되지만 어느새 훌쩍 자라 자신보다 키가
더 커 버린 아들을 천천히 바라보았다. 실망시키지 않고 항
상 믿음직했다.

"뜻대로 해라."

호놀룰루 항구는 항상 사람으로 붐빈다. 들어오는 사람과
나가는 사람, 대부분은 관광객이었지만 섬을 떠나는 사람도
많았다.

"대찬아앙."

명환은 떠나는 대찬을 보고 울었다.

"왜 울어? 다시 올 건데."

대찬의 부모들은 눈시울이 붉어졌다.

"그저 다른 지방에 갔다 온다고 생각하시면 돼요. 자리 잡
고 안정되면 다시 돌아올 거예요."

"알았다."

"형님, 그럼 다녀올게요."

대찬은 길현과 함께 배에 올라 출발을 알리는 뱃고동 소리

와 함께 하와이에서 점점 멀어졌다.

샌프란시스코에 도착한 두 사람은 곧장 캘리포니아 주 유력가를 만나러 갔는데, 거기서 다시 한 번 이승만의 소식을 들을 수 있었다. 상황을 설명해 주기를 자신은 한국인이며 길현과 둘도 없는 친구이고 친분을 나누고 싶다고 말하면서 앞으로 서로 도움을 주고받을 수 있겠느냐고 물었다고 했다.

"그래서 어떻게 하셨습니까?"

"처음에는 길현을 생각해서 알았다고 했소. 문제는 그다음이었지요."

꿀꺽꿀꺽.

길현은 답답한 마음에 물을 급하게 들이켰다.

"문제요? 문제가 생겼습니까?"

"큰 문제는 아니고 돈을 빌려 달라고 하더군요."

"돈요?"

"여기 계약서가 있소."

넘겨준 계약서에는 8퍼센트의 이자가 붙는다고 되어 있는데, 빌린 이의 이름이 이승만이 아니라 국민회로 되어 있었다.

"허……."

모든 상황을 옆에 앉아 지켜보던 대찬의 미간에 주름이 깊게 파였다.

"토마스 씨, 저희가 금액을 갚아 드릴 테니, 문서를 가지고 가도 되겠습니까?"

"물론이오."

"그리고 한 가지 더……."

국민회의 회의실에 국민회의 간부들이 전부 소집되었다.

"이것 보십시오."

한 부의 서류를 전체가 돌려 보는 데는 많은 시간이 필요하지 않았다.

"이런 때려죽일!"

흥분한 사내가 소리쳤다.

"내 이래서 국민회에 가입하지 않으려 했던 것입니다."

"어쩌면 좋겠습니까?"

"이미 서류에 적힌 빌린 돈은 다 갚고 왔습니다. 문제는 이곳뿐만이 아닐지도 모른다는 거지요. 아마도 본인의 이름이 아닌 국민회의 이름으로 빌렸을 것입니다."

웅성거리는 좌중에 분노가 자리 잡았다.

"그래서 제가 임의대로 처리하려고 합니다. 동의하시겠습니까?"

길현의 물음에 전부 찬성을 했다.

"그럼 임의대로 처리하겠습니다. 그리고 혹시라도 개인적 친분으로 여러분을 이용하려 들지 모르니, 감언이설에 속지 마시고 상대하지 않았으면 합니다. 일본은 우리에게 주적이지만 민족을 배신하는 자는 속에서부터 곪게 만드는 더 무서운 존재입니다."

좌중 사이에서 제일 분노한 것은 박용만이었는데, 자신의 손으로 잡는다고 호언하였다.

이승만이 돈을 빌린 곳은 한 곳이 아니라 여러 군데였다. 그는 길현과 국민회의 이름을 팔아 돈을 빌렸는데, 금액이 합해서 2만 달러가 넘었다.

길현은 당장 국민회 간부들과 경찰서에 가서 공금횡령과 사기죄로 신고하였고 이승만에 대해서 수배령이 떨어졌지만 잡히진 않았다.

대찬은 캘리포니아 주에 커다란 대치를 매입하였다. 하와이보다 넓은 땅은 상대적으로 가격이 저렴하고 비옥한 나파 밸리에 자리 잡았다.

나파 밸리는 샌프란시스코에서 60킬로 정도 떨어진 곳이었는데, 그곳에선 여러 가지 과일을 기르기로 했다.

그 외의 곡물들은 강과 가까운 새크라멘토 밸리에 농장을 만들어 그곳에서 길렀다.

농장의 일꾼은 주로 국민회에서 소개시켜 주었는데, 일자리가 많지 않아 고생하던 한인들에게 농장의 사업은 큰 도움이 되었다. 그 결과 나파 밸리와 새크라멘토 밸리 농장에는 노동자들의 가족을 포함해 각각 1만 명이 넘는 한인들이 자리 잡았다.

농장은 한인들에게 하위 계층 노동자로만 지내는 것이 아니라 승진을 위한 길을 만들어 주었는데, 이 때문인지 사람들의 노동 의욕이 높았다.

곡물 사업을 하기 위해서는 다양한 모종들과 품종들이 필요했다. 그래서 미국 사회에서 이동이 편하고 활동이 자유로운 백인들을 고용하여 미국 전역에 있는 곡물들의 씨앗들을 모았고 확보되는 대로 씨앗의 숫자를 늘리는 농사를 진행하였다. 마지막으로 육종가가 곡물 사업의 핵심이었지만, 품종이 다양하지 못해 씨앗 확보를 우선으로 삼았다.

한창 곡물 사업에 집중하고 있을 때 한국에서 소식이 들어왔다.

이토 히로부미 사망.

러시아 코코프체프와 회담하기 위해 만주 하얼빈에 방문하였다가 정체불명의 사내들에게 총을 맞았다는 소식이었다. 저격한 자들은 신원 불명이며 사방으로 도주해 잡히지 않았다고 했다.

한인들은 기쁜 소식에 한바탕 잔치를 벌였다.

대찬은 무척 기뻤다.

한바탕 웃다가 박수를 치며 말했다.

"사장님, 나~샤~앗!"

◆

국민회에서 학교를 지으며 열심히 활동하던 안창호는 다시 한국으로 돌아가기 위해서 준비를 하고 있었다.

안창호는 국민회 말고도 신민회의 일원이었는데, 최근 신민회에서 들어온 소식 중에 한국을 병합하려 한다는 내용이 있어 한국에 가려 했다.

"한국으로 간다고 들었습니다."

"그러네. 아무래도 지금까지 신민회의 활동이 국권 회복에 별 효과가 없었나 보네. 마침 긴급을 요하는 회의가 있어 가려고 하네."

"그럼 신민회의 운동 방향이 달라지겠군요."

"아무래도 무장투쟁에 중점을 두고 구국 전략이 채택되지 않을까 싶네."

"돌아오실 겁니까?"

"글쎄……."

안창호는 한참을 생각하다 노래를 불렀다.

간다 간다 나는 간다
너를 두고 나는 간다

잠시 뜻을 얻었노라
까불대는 이 시운이
나의 등을 내밀어서
너를 떠나가게 하니
일로부터 여러 해를
너를 보지 못할지나
그동안에 나는 오직
너를 위해 일할지니
나 간다 서러워 마라
나의 사랑 한반도야

안창호가 떠나는 날 길현은 한국행을 배웅했다. 길현은 안창호가 떠나기 전에 자금과 편지를 한 통 주었다.

하와이에 짓고 있는 사찰이 완성되었다. 소식을 들은 대찬은 할리우드로 갔다.

할리우드에 도착한 대찬은 땅을 사기 시작했다. 땅을 무차별적으로 매입하여 별로 쓸모없는 땅까지 샀는데, 길현이 대찬을 말릴 정도였다.

"왜 그렇게 땅을 사는 거냐?"

"건물 좀 지으려고요."

"건물?"

"네."

길현이 대뜸 화를 냈다.

"이놈! 건물 짓는 데 이렇게 넓은 땅이 왜 필요한 거냐?"

"건물이 좀 크고 많아요."

"세상에 얼마나 큰 건물을 짓기에 이렇게 많이 필요해!"

"경복궁요."

"경복궁?"

"네, 경복궁요."

"허…… 진심으로 하는 소리냐?"

"그럼요! 나중에는 미국 사람들도 나한테 감사하다고 할 거예요!"

"예끼, 말도 안 되는 소리 하지 마라."

"하하하."

하와이에서 김 씨를 불러 대찬은 자신의 계획을 이야기했다.

"경복궁을 여기다 짓자고?"

"네!"

"경복궁에 거하실 임금님도 없는데 지어서 뭐하게?"

"그게 중요한 게 아니에요."

"그럼 뭐가 중요하냐?"

"한국인의 자부심!"

"자부심?"

"네! 대역사를 이룸으로써 미국 역사에 편입하는 거죠!"

"우리는 한국인인데 미국 역사에 왜 들어가냐?"

"여기는 이민자 국가니까요! 그리고 경복궁을 직접 재건하신 분이 계시니, 무조건 지금 해야지요. 후계도 양성하시고요."

"후계라······."

"네, 다른 기술을 가진 분들도 다 여기에 모실 거예요."

"여기에?"

"네. 한국문화촌을 만들 거예요."

"너는 여기를 경성으로 만들려는 게냐?"

"헤헤."

대찬은 답변 대신 웃음을 보였다.

"좋다, 해 보자!"

할리우드에 경복궁을 짓기로 한 순간부터 김 씨는 최고의 목재를 찾기 위해 나무가 많이 있는 곳을 샅샅이 뒤지기 시작했다. 특히 중요한 건물들에는 기둥으로 금강송을 썼는데, 한국이 아니어서인지 금강송을 발견하지는 못했기에 현지에 자생하는 소나무들을 주로 보고 다녔다.

기둥으로 좋은 나무를 발견하면 김 씨는 나무를 베기 전에 항상 제를 올렸는데 '신령님, 천년 동안 지탱해 주소서.'라고 말하며 경건하고 조심스럽게 절을 하고 기둥이 될 나무를 베었다.

　그렇게 목재를 한곳에 모아서 건조하는 작업을 했는데, 목재가 많이 필요하다 보니 건조장의 목재 줄이 일자로 길게 늘어섰다.

　경복궁은 처음 지어졌을 때 약 7천2백 칸 정도 되었고 선조 25년(1592)에 발발한 임진왜란으로 돌이킬 수 없는 피해를 입었다. 그러다 고종 2년(1865) 흥선대원군의 건의로 재건하였는데, 고종 5년(1868) 정궐로서의 위엄을 다시 갖추게 되었다.

　하지만 김 씨가 미국으로 이주하기 전에 경복궁은 성벽과 전각들도 허물어져 보기 흉한 모습이 되었기에 김 씨는 매우 슬퍼했었다. 그러던 김 씨는 최근 흥분감이 가시질 않았다.

　"1만 칸 이상으로 만들어 주세요."

　"1만 칸? 그렇게 크게?"

　"네! 자금성에 지고 싶지 않아요."

　가뜩이나 경복궁을 먼 곳에서나마 다시 지을 수 있다는 것에 흥분해 있었는데, 중국의 자금성에 지지 않을 만큼 크게 지어 달라고 하자 더더욱 흥분했다.

"내 꼭 그리하마!"

한국 전통의 건축양식은 터를 닦고 석수가 주춧돌을 준비해 주면 대목장이 미리 준비해 둔 목재를 성형하고 주춧돌 위에다가 기둥을 세운다. 그 위로 못을 사용하지 않고 끌로 홈을 파서 목재들을 짜맞추는 식이었다.

건물을 짓기 전에는 중요한 행사가 있었는데, 경복궁이 지어질 자리 한가운데서 사람들이 제를 올렸다. 전부 다 하얀색의 옷을 새로 지어 입고 서쪽의 한국이 있는 방향으로 제를 올렸다.

고향을 위한 마음이었다.

목표는 단 두 명.

일본의 왕과 늑약을 진행시킨 이토 히로부미였다.

안중근을 포함 열두 명이서 무명지를 잘라 만든 동의단지회는 암살 기회를 노렸다.

일왕은 일본에서 움직이지 않으니 기회가 없었고 이토 히로부미를 사살할 수 있는 기회가 있어 그가 움직이는 것에 집중했다.

처음 뤼순 항에서 기회가 있었으나 안중근 일행을 수상하게 여긴 자들이 있어 실패하고 다음 기회를 노리기로 했다.

이토의 이동 경로를 미리 입수한 동의단지회는 하얼빈 역에서 저격을 실행하기로 결의했다.

1909년 10월 26일 새벽 하얼빈. 만 30세의 안중근은 쉬고 있던 자리에서 일어났다. 하얼빈 역 북쪽 썬린가森林街에 있던 동포 김성백金成白의 집에서였다.

천주교 신자인 그는 기도했다.

"오늘 저로 하여금 2천만 동포의 원수를 처단할 수 있도록 도와주십시오."

검은색 신사복 위에 반코트를 걸치고 납작한 모자를 쓴 안중근은 벨기에제 FN M1900 자동 권총을 꺼내 손수건으로 닦은 뒤 왼쪽 가슴팍 속주머니에 넣었다.

오전 7시, 안중근은 마차를 타고 하얼빈 역에 도착했다. 러시아 군인들이 삼엄한 경계를 펴고 있었지만, 그는 다섯 명의 동지들과 함께 일본인 환영객 사이에 끼어 역 안으로 들어갈 수 있었다.

안중근은 상황이 잘 보이는 역 구내 찻집에 들어가 차를 시켜 마셨다.

전 조선통감 이토 히로부미가 러시아의 대장대신 코코프체프와 회담하기 위해 그곳으로 오고 있다. 참으로 기나긴 두 시간이었다. 결행하기로 한 동지들과 서로 모르는 사람처럼 딴짓을 하며 이토가 도착하기를 기다렸다.

초조한 안중근은 품속에 있는 회중시계를 꺼냈다.

9시 10분.

마침 안중근의 귓가에 기차 소리가 들렸다.

역에서 대기하고 있던 러시아 군인들이 분주해지며 대열을 갖추기 시작했다.

곧 초록색 특별 귀빈 열차가 하얼빈 역으로 서서히 들어왔다. 역에 서 있던 일본인 환영단이 일제히 일장기를 세차게 흔들었다.

"환영합니다."

환영단은 이토를 환영하는 소리를 질러 댔다.

대기하고 있던 군인들의 무거운 군화 소리는 주변을 집중시켰다. 기차를 향해 러시아 군대가 경례를 했고 장중한 군악이 연주됐다.

역으로 다가온 기차는 멈추어 섰고 러시아 군인들 사이로 한 백인 남성이 기차에 올라탔다. 그는 러시아 재무상 코코프체프였고 열차로 올라가 이토를 맞았다.

시간은 흐르는데 이토는 기차에서 내릴 생각을 하지 않았다.

20분 뒤, 초조한 시간이 흐르고 여러 사람들과 인사를 나눈 이토가 기차에서 내리자, 도열한 러시아 군인들이 사열하기 시작했다.

구내 찻집에서 대기하던 안중근은 결행의 시간이 도래했

음을 직감했다.

입안에서 마른침이 맴돌았고 가슴팍에 숨겨 놓은 벨기에제 FN M1900 권총이 묵직하게 가슴을 짓누르는 것만 같았다.

안중근은 찻집에서 나와 군인들 줄 뒤에 서서 이토를 바라봤다. 이토는 러시아 군인들과 바짝 붙어 뒤에서 맞추어 걷고 있었다. 이토와의 거리는 10보 이내였다.

탕!

안중근이 총을 꺼내 쏘기 전에 다른 쪽에서 총성이 났다. 안중근도 총을 꺼내었다.

탕, 탕.

이토가 총에 맞아 쓰러지는 것이 보였다.

"코레아 우라!"

한국 만세를 외치고 계속해서 이토가 있는 방향으로 총을 쐈다. 죽었다는 확신이 들지 않았다.

탕탕탕.

총알이 떨어졌는지 총성이 멈추자 안중근의 머릿속에는 단 한 가지만 자리했다.

'탈출!'

상황 파악이 됐는지 달려드는 러시아 군인들을 보고 반대로 달렸다.

죽을힘을 다해 달렸다.

'상해를 거쳐 미국으로 간다.'

동지들을 포함해서 여섯 명이서 이토를 저격해서인지 안중근을 쫓아오는 군인들은 무지막지하게 많진 않았다. 동지들이 뿔뿔이 흩어진 까닭이리라.

쉬지 않고 계속해서 걷자 군인들의 추격을 간신히 뿌리치고 달아날 수 있었다.

우여곡절 끝에 상해에 도착할 수 있었고 하와이로 가는 배를 탔다.

하와이로 가는 배가 바다 위에 뜰 때까지 안중근은 안심하지 못하고 있다가 배가 아무것도 보이지 않는 망망대해에 자리하자 그제야 몇 날 며칠 채우지 못했던 잠을 잘 수 있었다.

農場에서 곡물들이 쏟아지기 시작했다. 소비하기 힘들 정도로 쏟아지는 작물들이 있었는데, 그중의 하나는 콩이었다..

창고에만 쌓아 둘 수도 없어서 어떻게 쓸까 생각하다가 두가지 사업을 신설했다.

처음으로 시작한 일은 양계장이었다. 닭을 키우면 고기를 팔 수도 있고 달걀만 따로 공급할 수도 있었기에 닭을 모아 양계장을 크게 차렸다.

자유롭게 키울 수 있는 가축이 닭이라서 닭고기에 많이 익숙한 흑인들이 많이 사 갔고 계란은 대량생산으로 가격이 싸서 피부색에 상관없이 소비가 이루어졌다.

두 번째로 콩을 적당한 온도로 가열하고 압착하면 기름이 나왔는데, 식용으로 쓸 수 있는 기름이었다. 찌꺼기는 썩혀서 퇴비로 사용했고 기름은 양철통에 담아 판매하였는데, 역시 흑인들이 주로 소비했다.

대찬은 닭고기와 튀김을 할 수 있는 기름이 확보되자 미래에서 먹었던 프라이드치킨을 먹을 수 있게 되었다.

당연히 치킨 사업을 시작했지만 반응이 좋지 않았는데, 튀긴 닭은 흑인들의 음식 문화라고 생각한 백인들이 전혀 관심을 갖거나 사 먹지 않았기 때문이다.

그래도 간간이 가능성을 발견한 흑인들이 치킨 사업에 관심을 가졌다. 대찬은 조리법을 전수하고 흑인 마을에 사업체가 생기면 그곳에 닭고기와 식용유를 공급하는 수준에서 마무리 지었다.

대찬은 치킨 사업점을 딱 10호점까지만 만들었는데, 주로 백인들 거주 지역이라 적자가 되지 않고 현상 유지만 해도 다행이었다.

치킨 사업은 실패하였지만 식용유는 반응이 좋았는데, 이제까지 올리브와 같은 비싼 기름 대신 같은 가격에 양도 많고 질도 나쁘지 않았기 때문이다.

쉽고 싸게 사용할 수 있는 기름이 생기자 일반 가정의 식용유 소비량이 폭발적으로 늘었다.

대찬은 사람들의 관심사가 식용유에 맞춰지자 콩기름 외에 옥수수기름도 같이 생산했다.

♣

이토가 사망하고 한국의 분위기는 더욱 악화되었는데, 미국의 소문이 났는지 이민자가 대폭 늘어났다. 이들 중에는 다양한 직업군이 있었는데, 그중에는 궁에서 생활하던 궁녀들까지 포함되어 있었다.

"제가 필요하다 들었습니다."

"꼭, 필요했어요!"

"저같이 할 줄 아는 게 없는 아낙이 왜 필요하십니까?"

"궁을 운영하셔야죠."

"황제 폐하께서 사시는 궁궐 말인가요?"

"그렇습니다."

"장난하지 마세요!"

불편한 감정이 자리 잡은 얼굴은 화가 잔뜩 난 듯 보였다.

"정말이에요. 일단 가서 보세요."

한창 터를 닦는 중인 할리우드의 궁 자리를 보여 주었다.

"여기에 경복궁을 다시 짓고 있어요."

"이곳에다가요?"

여인은 궁을 짓기 위해 터를 닦는 곳을 보았다.

"김씨 아저씨!"

대찬은 김 씨를 찾았다. 저 멀리서 붉은 얼굴로 씩씩거리는 모습이 한눈에 들어왔다. 그러다 대찬이 찾는 소리를 들었는지 화내기를 중단하고 대찬에게 향했다.

"웬일이야?"

"인사하세요. 경복궁에서 상궁까지 하신 분인데, 제 말을 안 믿어요. 여기다 뭘 짓고 있는지 말씀해 주세요."

"안녕하시오. 나는 김 씨라고 불러 주시오. 여기 보이시오? 나는 고국에 있는 궁을 여기다 또다시 짓고 있소."

여인은 깜짝 놀란 얼굴로 되물었다.

"정말로 궁을 여기에 짓습니까?"

"사실이오. 지금 완전히 터를 닦은 곳에서는 석공들이 주춧돌을 만들고 있소."

김 씨는 손가락으로 석공들을 가리키며 사실을 확인해 주었다.

여인의 눈에는 경복궁의 모습이 훤했다.

"궁궐을 맡아 주실 거죠?"

대찬의 물음에 여인은 고개를 힘 있게 끄덕였다.

미국에는 한국을 오가는 상인들이 있다. 이들은 주로 인삼을 취급하였는데, 인삼으로는 그저 먹고살 수 있는 정도였다.

그러다 최근에는 부탁을 들어주는 일을 자주 했다. 한국으로 돌아갈 수 없는 이들이 상당했기 때문에 일정한 수수료를 받고 도와주었다.

대행업자가 자리를 잡자 대찬은 상인들에게 금강송과 닥나무의 묘목뿐만 아니라 씨앗까지도 구해 달라 부탁하였다.

그렇게 미국까지 넘어온 금강송은 김 씨에게 맡겼고 닥나무는 한지 기술자들에게 넘겨주었다.

그 외에 한국인들의 일상생활에 필요한 식물들과 물건들을 공급받았고 미국에서 기르려는 노력을 하였다.

김 씨가 물었다.

"금강송이 제법 쓸 만해지려면 백 년은 더 길러야 할 터인데 괜찮겠나?"

"백 년 뒤에 쓰면 되지요. 그저 우리가 사 놓은 땅에 잘 길러 두면 미래에 꼭 필요할 때 쓸 수 있을 거예요."

김 씨는 대찬이 기특했는지 어깨를 툭툭 두들겨 주었다.

대찬은 또 하나의 아쉬움 때문에 업자들에게 민족의 역사서와 그림 또는 보물 등을 구해 달라고 부탁했다. 한국에 갔을 때 도굴을 하던 일본인들이 잊히지 않았다. 많이는 못 구하더라도 지킬 수 있는 만큼은 지키고 싶었다.

이승만은 한밑천 챙기자 호의적이지 않았던 길현이 생각나 바로 미국 동부로 향했다. 대학교를 다녔기에 익숙했고 동양인은 거의 볼 수 없어 안심하고 다녔다.

수중에 2만 달러가 있었기에 집을 하나 장만하고 인맥을 넓히기 위해서 백인들을 만나고 다녔다. 특히 그가 미국에 유학을 갈 수 있게 지원해 준 장로교의 목사들을 중심으로 활동했다.

최철영은 독실한 예수교 신자였다. 공부도 열심히 해서 성적이 좋아 하와이에서 지원받아 프린스턴 대학교에 입학할 수 있었다. 차별도 받고 힘든 생활에 돌아가고 싶었지만 미래를 위해서 공부를 열심히 했다.

학교에서 나와 집으로 가는 길에 익숙한 머리색이 보였다. 철영은 반가운 마음에 가서 말을 걸었다.

"한국인이십니까?"

동양인 사내는 반가운 기색으로 말했다.

"그렇소. 나는 이승만이오."

'이승만!'

"반갑습니다. 최철영입니다."

내색하지 않은 철영은 이승만과 적당히 담소를 나누고 서부로 편지를 보냈다.

뉴저지에 이승만이 있다.

동부의 프린스턴 대학교에서 공부하던 최철영에게 긴급으로 온 편지를 받은 그의 가족들은 편지 내용을 길현에게 알렸다.

한참을 찾아도 못 찾았던 이승만의 꼬리를 잡자 길현은 자신이 쌓아 온 인맥을 동원하여 동부에 있다는 사실을 경찰들에게 알렸고 미국 법무부 수사국의 연방 경찰들이 동부로 출동했다.

장로교의 목사들과 고급 식당에서 기분 좋게 식사를 하고 집으로 향하던 이승만에게 깔끔한 신사복을 입은 백인 사내들이 다가섰다.

"이승만 씨, 맞습니까?"

이승만은 느낌이 좋지 않았지만 내색하지 않았다.

"반갑습니다. 제가 이승만입니다."

"연방수사국에서 왔습니다."

"바쁘신 분들이 저에게 무슨 볼일이?"

"일단 같이 가시지요."

"알겠습니다."

경찰들의 차를 타고 뉴저지 경찰서로 이동했다.

뉴저지 경찰서 안에 특별히 칸막이가 쳐진 사무실에 이승만을 앉혀 두고 경찰들은 사실관계를 취조했다.

"토마스 씨 외에 이분들을 알고 있습니까?"

"안면은 있습니다."

"그렇다면, 지난 모월 모일 이승만 씨가 토마스 씨를 개인적으로 만나 돈을 빌려 갔습니다. 사실입니까?"

"아니요, 그런 적 없습니다."

"그럼 이분하고 이분의 돈도 빌린 사실이 없습니까?"

"없습니다."

"우리가 아는 사실과는 많이 다르네요."

경찰이 서류를 뒤적이자 계약서가 보였다.

"그분들과 안면이 있는 게 사실이기는 하나 돈을 빌린 적은 없습니다."

"국민회에서는 당신이 돈을 빌려 달아났다고 했습니다."

"오해가 생긴 모양인데, 저는 돈을 빌린 적도 없고 달아난 적도 없습니다."

"그렇다면, 최근 집을 사시고 돈을 크게 쓰신다는 이야기를 들었습니다. 돈의 출처는 어떻게 됩니까?"

"돈은 고향에서 부모님이 돌아가셔서 물려받은 재산입니다."

서류를 덮었다.

"재판이 필요할 것 같군요."

어깨를 당당히 편 이승만이 말했다.

"저도 그렇게 생각합니다."

경찰서에서 전화를 걸자 평소 친분이 깊은 백인 목사가 와서 보석금을 내주어 이승만은 풀려났다.

"무슨 일인가?"

"우리 동포들의 연합체가 있는데, 국민회라고 합니다. 제가 그 단체에 소속되어 있는데 제가 사기를 치고 돈을 가지고 달아났다고 신고가 들어왔다는군요."

"자네가 그럴 리 없지."

"당연하지요. 무죄를 밝히기 위해서라도 재판을 해야 할 것 같습니다."

"내가 도와주겠네."

목사와 친분 있는 변호사를 선임한 이승만이 경찰에게 원한 것은 단 한 가지였다.

"뉴저지에서 재판하게 해 주세요."

길현은 재판이 서부에서 열리기를 원했으나 동부에서 유리한 점이 많다고 느낀 이승만의 주장 때문에 재판은 뉴저지에서 열리게 되었다.

길현은 재판의 증인이 필요해 이승만에게 돈을 빌려준 자들이 동행해 주기를 원했으나 동부 뉴저지까지 거리가 멀고 자신들의 일이 많다고 하며 모두 거절하였다.

별수 없이 돈을 빌려준 자들을 제외하고 길현과 국민회 간부들은 재판에 참여하기 위하여 뉴저지로 갔다.

재판장은 천장을 높게 하여 정중앙에 판사석이 자리했고 마주 보는 곳에 왼쪽이 피고, 오른쪽이 원고의 자리였다. 판사석의 좌우에는 깔끔한 정복을 입은 경찰들이 있었다.

"재판관님 입장하십니다. 모두 자리에서 일어나 주시길 바랍니다."

앉아 있는 자리에서 모두 일어나며 판사가 들어오길 기다렸다.

잠시 후 뚱뚱한 모습에 법복을 입은 판사가 무거운 발걸음으로 자리에 앉았고 그다음 좌중이 자리에 앉았다.

땅땅땅!

"1910년 모월 모일 재판 시작하겠습니다. 원고 측 말하세요."

길현의 옆에 앉아 있던 백인 변호사가 일어났다.

"존경하는 재판장님, 피고는 한인 단체의 회원이지 대표가 아닙니다. 그럼에도 불구하고 한인 단체의 이름으로 약 2만 달러의 돈을 빌린 뒤 돈을 가지고 도주했습니다. 저희 측은 2만 달러의 회수와 공금횡령 및 사기죄로 형사처벌을 받길 원합니다."

"다음 피고."

"재판장님, 저희 의뢰인은 돈을 빌린 사실도 없을뿐더러 도망을 친 적도 없습니다. 증인으로 이승만 본인을 신청합니다."

"허락합니다."

이승만은 당당히 증인석으로 갔다. 앉아서 장내를 둘러보며 서부에서 자신이 본 백인들이 없음을 확인했다. 주위에 있던 경찰이 성경을 가지고 오자 이승만은 지체 없이 성경에 손을 올리고 선서했다.

"예수 그리스도의 이름으로 지금부터 하는 말에 거짓이 없음을 맹세합니다."

바로 변호사가 질문을 했다.

"증인은 토마스 에버그린을 압니까?"

"네, 알고 있습니다."

"토마스 씨와는 무슨 관계입니까?"

"그저 한두 번 오가며 보고 안면만 있는 상태입니다."

"증인은 한두 번 본 토마스 씨에게 돈을 빌린 사실이 있습니까?"

"없습니다."

"재판장님, 제 의뢰인은 돈을 빌린 사실이 없으며 제가 들고 있는 이 계약서에도 의뢰인의 이름인 이승만은 없습니다. 이를 증거로 제출합니다. 이상입니다."

길현과 국민회 간부들은 경악성을 터뜨렸다. 곧장 흥분해서 소리치려는 찰나 변호사가 막았다.

"흥분하지 마십시오."

변호사는 일어나 이승만에게 질문을 시작했다.

"피고는 국민회라는 한인 단체의 소속입니다. 맞습니까?"

"네, 한인이라면 누구든지 가입할 수 있는 단체입니다."

"그럼 국민회의 간부입니까?"

"아닙니다."

"그렇다면 왜 국민회의 이름을 빌려 대표자인 듯이 행동하셨습니까?"

"이의 있습니다. 원고는 범죄를 저질렀다는 것이 사실인 듯 행동하고 있습니다."

"인정합니다. 발언을 기록에서 삭제하고 원고 측은 신중하게 질문을 하도록 하세요."

다시 원고의 발언이 이어졌다.

"여기 이 편지에는 당신이 국민회의 이름으로 돈을 빌렸다는 토마스 씨의 친필 진술이 적혀 있습니다. 돈을 정말 빌리지 않았습니까?"

"제가 하지 않은 일에 대해 했다고 말할 수는 없습니다. 저는 국민회의 이름으로 돈을 빌린 적이 없고 또한 개인적으로도 돈을 빌린 적이 없습니다."

"그렇다면, 여기에 있는 당신의 최근 재산 목록에 따르면, 5천 달러나 하는 호화 주택을 구매하셨습니다. 이 돈은 어디서 생긴 것입니까?"

"한국에 있는 부모님이 돌아가셔서 물려받은 유산입니다."

이승만의 뻔뻔한 대답에 길현은 화를 참지 못했고 한국말이 재판장을 울렸다.

"이런 육시랄 놈의 자식! 네가 사람이냐!"

땅땅땅!

"정숙하세요. 원고 측 더 할 말 없습니까?"

"없습니다. 여기 토마스 씨의 친필 진술을 증거로 제출합니다."

판사는 재판을 계속 진행했다. 계속해서 이승만 측의 변호사는 뉴저지에 있는 백인들을 증인들로 호출했다.

"이승만 씨는 그런 사람이 아닙니다."

"정직하고 정의로운 사람입니다. 절대 그럴 리가 없습니다."

"그가 너무 착해서 이런 모함을 받는 것입니다."

하나같이 다들 이승만을 지지하는 말만 쏟아 냈다.

재판의 분위기는 묘하게 흘러갔다.

땅땅땅!

"재판의 결과를 발표하기까지 30분간 휴정하겠습니다."

원고 측의 분위는 처참했다.

"이런 씹어 먹을 놈!"

분노하고 분노했지만 방법이 없었다.

증거로 쓸 수 있는 서류에는 하나같이 이승만의 이름이 없었고 서부에서 동부까지는 거리가 너무 멀어 증거를 뒷받침해줄 증인들도 없었다.

30분이 지나고 판사가 들어왔다.

"판정하겠습니다. 원고 측이 말하는 횡령과 사기죄에 대해서는 사실을 입증해 줄 증거가 불충분하므로 피고 측에 무죄를 선고한다."

땅땅땅!

원고의 분위기는 침통했다. 다들 고개를 푹 숙이고 있었고 개중에는 눈물을 흘리는 자들도 있었다.

반대로 이승만은 옆에 앉아 있던 변호사와 도움을 주었던 목사와 함께 화기애애한 분위기로 재판장을 나섰다.

재판의 소식은 서부를 강타했다. 사람들은 말도 안 된다는 이야기를 했지만 판결이 난 이상 어떻게 더 해 볼 수 있는 상황이 못 되었다.

동부의 뉴욕데일리에는 기고 글이 하나 올라왔다.

공정한 판정에 찬사를.

최근 안 좋은 일이 하나 있었습니다. 제가 횡령과 사기죄로 재판을 하게 된 것이지요. 물론 저는 떳떳한 사람입니다.

……그렇게 해서 재판에서 승리하게 되었고 정당한 판정을 내려 주신 판사님께 감사드립니다. 아울러 부족한 나라에서 와 피해자일 수밖에 없는 저를 감싸 주시고 신문물로써 저를 감화 시키니 이 아름다운 나라 미국에 다시 한 번 감사를 드립니다.

길현은 서부로 돌아와서 대찬을 보자마자 열변을 토해 냈다.

"무슨 그런 작자가 세상에 다 있냐!"

"작은아버지, 세상에는 별의별 사람이 다 있잖아요."

"아무리 그래도 그렇지 어떻게 동포들을 등쳐 먹을 생각을!"

고개를 절레절레 흔들며 풀리지 않는 분을 가라앉혔다.

"일단 할 수 있는 일부터 해요."

"무슨 일 말이냐?"

"이승만 접근 금지부터 해야지요. 민족의 배신자인데요."

"네 말이 맞다. 국민회부터 갔다 오마."

이승만 사건 이후 국민회에서는 학벌과 종교, 출신 지역의 연대를 과감히 끊자는 이야기가 대세가 되었다. 공정하게 그 사람에 대해서 평가하고 증명이 되어야 간부가 될 수 있게 만들었다. 아울러 일반 회원은 간부 회의에 참석을 금하였다.

아메리칸
드림

처단 I

경복궁의 건축 상황은 순조로웠다.

넓은 땅이 대찬의 사유지가 되자 근처에 한인들을 제외하고는 사람들이 오지 않았기에 누구의 눈치도 보지 않고 지낼 수 있는 환경이 되었다. 그러자 경복궁 터 주변에 사람들이 집을 짓기 시작했는데, 대부분이 초가집이었다.

"큰일이네."

대찬은 고민했다. 초가집까지 지어서 살고 있는 저 자리에 아흔아홉 칸 이상의 큰 기와집들을 만들 생각을 했기 때문이다.

"뭐가 큰일이냐?"

"초가집 때문에요."

"초가집이 왜 큰일이야?"

"저기 궁궐 옆에도 다 개발을 해서 기와집을 만들어야 하는데, 사람들이 먼저 자리를 잡아 버렸으니 쫓아낼 수도 없잖아요."

"그게 무슨 걱정이냐. 저 초가집들도 기와집으로 새로 지으면 되지."

"시간이 오래 걸리잖아요."

김 씨는 웃었다.

"하하하, 걱정하지 않아도 된다. 저기 초가집 짓고 살고 있는 사람들 대부분이 여기 궁을 짓는 사람들이다."

"그게 무슨 말이에요?"

"큰 틀은 알고 있는 사람들이라는 거다."

"큰 틀요?"

"여기다 새로운 경성을 만들 거잖니?"

"계획은 그렇지요."

"저들이 자리 잡은 곳을 봐라."

초가집들은 질서 없이 막 지어진 것처럼 듬성듬성했다.

"대충 지은 것 같지만 저 초가집들을 중심으로 구역이 정해져 있다."

김 씨는 멀리서 손가락으로 구역을 하나씩 그려 주었다. 손가락을 따라서 가상의 선을 그려 보니 질서가 잡혀 있었다.

"정말 그러네요?"

대찬은 보다 보니 궁금한 게 생겼다.

"김씨 아저씨, 질문이 있는데요."

"뭐냐?"

"기와집을 새로 지으면 그동안 저분들은 어디서 생활하시고요?"

"저 집이 마당 자리야."

"마당요?"

"그렇지. 초가집을 기준으로 주변에 건물을 세운 다음 초가집을 허물 거야."

초가집을 중심으로 선을 그려 보면 대부분 ㄷ 자나 ㅁ 자가 되게 자리를 잡은 것이 보였다.

"금세 멋진 건물들이 생겨날 거다."

"기대되네요!"

몇 년 전 사상 최악의 지진을 겪은 샌프란시스코는 복구가 빠르게 진행되었는데, 재건 사업에는 몇 달 걸리지 않았었다.

하지만 경제 상황은 많이 악화되었는데, 대찬이 나파 밸리와 세크라맨토 밸리에 대농장을 차리고 샌프란시스코의 항구로 한인들이 계속해서 이주하자 지역 경제가 많이 활성화되었다. 그래서 유색인종에 편견이 많은 백인들이었지만 한국인이라고 하면 어느 정도 색안경을 벗고 대했다.

샌프란시스코 근처에는 팰로앨토라는 지역이 있는데, 패로앨토에는 스탠퍼드 대학교가 있었다. 대찬은 스탠퍼드 대학교에 한국의 이름으로 많은 투자를 했는데, 미래에 서부 지역의 식자들을 친한국파로 만들기 위한 작업이었다.

그 외에 서부 지역 다수의 학교에도 기부를 하며 역량을 늘리는 사업에 집중했다.

계속된 로비에도 공화당과의 선은 잘 닿지 않고 민주당과의 연결이 잘되었는데, 정치자금을 계속 지원해 주고 관계를 굳건히 만들자 한인들 몇몇에게 시민권을 제안했다.

그렇게 대찬의 가족들은 시민권을 획득할 수 있었고 차차 한국인들을 망명객으로 받아 주겠다는 확답도 받았다.

대찬은 자동차를 직접 운전하였는데, 포드 모델 T는 최고 시속 68km/h까지 속도가 나왔다.

면허증도 없었고 신호등도 없었다. 사람이 있으면 천천히 가면 되었고 없으면 아무리 맘껏 달려도 제지하는 사람이 없었다. 도로가 포장되지 않아 울퉁불퉁하지만 않았으면 대찬은 취미 생활로 자동차 운전도 괜찮겠다는 생각을 했다.

"자동차나 만들어 볼까?"

대찬은 혼잣말을 하며 항구로 가고 있었다. 안중근이 도착했다는 전화를 받았기 때문이다.

항구에 도착할 즈음에 보니 한인들이 태극기를 들고 잔뜩 모여 있었다.

"한국 만세!"

"안중근 만세!"

한인들의 환영 사이로 안중근이 걸어 나오고 있었다.

이토 저격에 가담한 사람들은 운 좋게도 단 한 명도 잡히지 않았으나 동의단지회의 다른 회원들이 대한매일신보에 결행의 이유와 참가자들의 신원을 투고하였기에 저격에 참가했던 안중근은 상당한 유명 인사가 되었다.

대찬은 차를 세우고 안중근에게 갔다.

"선생님, 오랜만에 뵙습니다."

안중근은 익숙하지만 외모가 너무 달라진 대찬을 못 알아봤다.

"저 대찬입니다."

"금산! 자네 왜 이리 변했나? 하하하!"

그는 대찬을 꼭 안았다.

여독부터 풀라는 주변의 권유에도 불구하고 안중근은 국

민회부터 들렀다. 인사를 하고 여러 가지 이야기를 듣는 중에 이승만의 이야기를 듣고 비분강개하였다.

"그럼 살려 두었습니까?"

"동부에 있고 항상 백인들 곁에 있다 보니⋯⋯."

"금산, 자네는 어찌 보고만 있었나?"

"때를 기다렸지요."

"때를 기다렸다?"

"네, 특수한 조직을 만들려고 하는데, 실습 대상이 필요하니 기다리고 있지요."

"그게 무슨 말인가?"

대찬은 빙그레 미소 지었다.

"어차피 쓸모없는 쓰레기지만 재활용을 해 볼까 해서요."

"자꾸 뜻 모를 말만 하는구먼."

"곧 알게 되실 거예요."

대찬이 말을 아끼자 다른 이야기로 넘어갔는데 간도 지방 이야기였다.

이토 히로부미 저격 사건으로 일본군은 저격범들을 찾기 위해서 눈에 불을 켜고 간도를 샅샅이 뒤지고 다녔다. 조금만 의심스러우면 작두를 가져와 목을 잘랐고 꼬챙이에 꽂아 전시하며 저격범들의 동료라 하였다.

간도에서 활동하던 인사들은 대부분 만주나 블라디보스토크로 몸을 피했고 남아 있던 한국인들만 무참히 살해당했다.

보복을 일반 민중에게 했던 것이다.

소식을 들은 안중근은 펑펑 울기만 했다.

"선생님께 보여 드릴 게 있습니다."

"뭔가?"

"재활용 계획입니다."

"국민회에서 때를 기다렸다고 했던 그 계획 말인가?"

"맞습니다. 일단 집 밖으로 나가 보시죠."

집은 큰 저택이었는데 잔디가 넓게 깔려 있었고 너머에는 나무들이 있었다.

"저기로."

대찬이 안내한 길로 걸어갔다.

"길이 참 좋구나. 생각하기 좋은 길인 것 같다."

여유로운 발걸음으로 걷고 있는데, 안중근이 인지하지 못한 곳에서 쇳소리가 들렸다.

철컥!

"누구냐!"

안중근은 소스라치게 놀라며 인기척을 향해 달려들었다.

"적이 아니에요!"

대찬은 만류했다.

적이라고 생각되는 자에게 주먹을 날리려던 찰나 대찬의 말을 듣고 멈추어 섰다. 그곳에는 주변과 동화될 수 있게 위장을 한 사내가 보였다.

"금산, 이게 뭐 하는 짓인가?"

"제 계획입니다."

덩치가 커진 대찬은 서부로 넘어와서 사업이 안정되자 군인이 꼭 필요하다고 생각했다. 그래서 은밀한 곳에 믿을 만하고 단단해 보이는 한국 청년 일곱 명을 비밀리에 모았다. 그러곤 한 달에 월급 1백 달러를 지급하고 대찬이 아는 것들을 가르치기 시작했다.

처음에는 기초 체력 단련을 시작했다. 식사는 풍부하게 매 끼니마다 1인당 닭 한 마리씩 공급하며 최고의 육체 상태를 만들었다.

다음으로 제식과 특공 무술을 가르쳤다. 한인 중에 수박을 아는 사람들이 많았는데, 이들도 수박으로 다져진 기본 실력이 있어 살상 무술인 특공 무술을 빠르게 배웠다.

무술이 몸에 익자 미국에서 구할 수 있는 총기는 모두 구해서 표적을 두고 쏘는 실습을 했다. 원하는 곳에 백발백중할 때까지 쏘게 했다.

총을 쏘는 게 익숙해지자 움직이며 쏘게 했는데, 이 또한 원하는 표적에 맞을 때까지 쐈다.

그다음은 움직이는 표적을 맞혔고 총에 익숙해지자 행군을 시작했다.

처음에는 평지 다음은 산지, 늪 가리지 않고 행군했고 다음은 무거운 군장을 만들어 군장을 메고 행군을 시켰다.

비트를 파고 수신호를 익히는 등 여러 가지를 가르쳤는데, 무박 7일 동안 훈련을 할 때는 사람을 극한까지 몰고 갔다. 무박 훈련을 할 때 가장 대찬이 강조를 했던 것은……

"우리는 독립을 위해 싸우는 독립 전사다."

"일본이 패망할 때까지 멈추지 않는다."

"우리의 임무에 실패는 없다."

대찬은 일당백의 군인을 만들면서 안중근을 기다렸다.

"그럼 이분 말고도 여섯이나 더 있다는 말이지?"

"네, 여섯 명이 이 근처에 있어요. 한번 찾아보실래요?"

"좋네."

흥미가 동했는지 안중근은 흔쾌히 수락하며 나머지 사람들을 찾기 시작했다.

그렇게 한참을 샅샅이 뒤졌는데 찾을 수 있는 사람은 두 명뿐이었다. 하나는 똑같이 위장을 하고 바닥에 납작이 엎드려 있었고 또 다른 한 사람은 나무 위에 나뭇잎이 무성한 곳에서 위장하고 있었다.

안중근은 찾는 걸 포기하고 대찬에게 나머지 사람들의 위치를 물었다.

"이제는 못 찾겠네. 도대체 어디에 있는가?"

"나오세요."

대찬이 말하자 땅이 흔들리기 시작했다. 주변의 잔디밭에서 나오는가 하면 낙엽이 깔린 곳들 사이에서 사람이 튀어나왔다.

"맙소사……."

"네, 암살에 특화되었지요. 더불어 전투에 탁월한 군인들이기도 하고요."

"그럼 이승만에 대한 계획이라는 건……?"

"당연히!"

"하하하, 그런데 왜 때를 기다렸는가? 이들은 완성된 것 같은데 말이네."

"준비가 안 됐으니까요."

"준비가 안 되다니?"

"지휘관이 없잖아요."

"지휘관? 나 말인가?"

"맞아요! 이제 할 수 있겠네요. 그런데 먼저……."

대찬은 살짝 뜸을 들였다.

"말을 계속하게."

"먼저 이분들에게 배우셔야 할 것 같은데, 괜찮으실는지요?"

안중근은 크게 웃었다.

"당연히 배워야 하지 않겠나? 아무것도 모르는 상태에서 지휘를 한다는 것은 말이 안 되지!"

안중근은 다음 날부터 7인에게 군 관련 기술들을 배우기 시작했다.

처음에 청년들은 민족의 영웅에게 막대할 수 없어서 살살했지만 오히려 교육을 받는 안중근은 호통을 쳤다.

"나의 조국 독립의 열정은 그 어떤 고통도 꺾을 수 없다! 또한 나는 군인이기에 다른 이들과 똑같이 훈련받을 수 있다!"

안중근의 훈련은 날이 갈수록 독하고 힘들어졌다. 특히 무박 훈련 때는 온갖 잠이 오는 방법을 총동원해서 수면의 욕구를 자극했지만 단 한 번도 흔들리지 않았다.

교육이 끝나자 안중근의 눈엔 사나운 호랑이가 자리 잡고 있었다.

"금산, 자네는 이러한 교육 방법을 어떻게 생각해 냈나? 하나같이 실용적이고 살상에 최적화되었더군."

"하하."

대찬은 그저 웃기만 했다.

"뭐, 답하지 않겠다면 굳이 묻지 않겠네. 앞으로는 무장투쟁만이 답이라고 생각하는데, 자네 생각은 어떤가?"

"저도 그렇게 생각해요. 그러니 군대에 관련된 일을 많이 해야겠지요."

"음…… 역시 외부에서의 무장투쟁만이 답인 건가?"

"꼭 외부에서만 투쟁해야 할까요?"

"그럼 내부에서 투쟁을 어떻게 한단 말인가?"

"지금까지 배우신 것들이 있잖아요."

"아!"

안중근은 지금까지 배운 기술들의 효용성에 대해서 생각했다.

"내부투쟁을 할 수 있겠구먼!"

"내부와 외부, 둘 다 투쟁을 할 수 있어요. 알려지지 않은 사람들은 내부로 들어가서 투쟁을 하다가 위험해지면 외부로 나오면 되죠."

새로운 구국 투쟁의 전략이 안중근의 머릿속에서 맴돌았다.

"좋네, 좋아!"

두 사람의 눈에는 독립이 보이는 것만 같았다.

◆

이승만은 편안한 생활을 영위해 가고 있었다. 매일같이 백인들을 만나서 교분을 쌓았고 틈이 나면 백인 미녀를 꼬셔가며 재미를 보았다.

오늘도 카페에 앉아 있다가 마음에 드는 백인 미녀를 발견하자 말을 걸어 고급 레스토랑에서 식사를 하고 마련한 차량에 태워 자신의 집으로 끌어 들이는 데 성공했다.

"자기, 이런 집도 있어?"

"그럼! 나 성공한 사람이라니까!"

"호호, 멋져."

달칵.

현관문을 열고 들어가자마자 두 사람의 입술과 입술이 엉키기 시작했다.

한참을 침대를 향해 가고 있는 도중 여자에게 낯선 손길이 느껴졌다.

톡톡.

뒤를 돌아본 여자는 소리를 질렀다.

"꺄-! 읍읍."

복면을 한 사내는 여자의 입을 손으로 막았다. 그사이 이승만은 다른 사내들에게 제압됐다.

사내는 정중하게 여인을 집 밖으로 내보내고 이승만에게로 갔다.

"이승만, 재주도 좋네?"

"누구시오!"

"내 이름은 안중근이라고 하네."

복면을 벗고 얼굴을 확인시켜 주었다.

"내게 무슨 볼일이오!"

"가져갈 게 있어서 왔네."

잔뜩 겁을 먹은 이승만은 턱짓으로 한 곳을 가리켰다.

"저기에 있소. 다 가져가시오."

"내가 원하는 건 그게 아닐세."

"그렇다면 원하는 게 뭐요!"

안중근은 포박되어 있는 이승만을 앞에 두고 단검을 꺼냈다.

"새롭게 마련된 국민들의 법을 알려 주러 왔네."

"그게 무엇이오?"

"민족의 배신자는 피로써 처벌한다!"

"내가 무슨 잘못을 했다고 내게 이러는 거요!"

이승만은 발버둥을 치기 시작했다.

"반성할 줄 모르는군."

이승만은 눈을 파르르 떨며 발작하기 시작했다.

"조국의 이름으로 사형을 선고한다."

안중근이 들고 있던 칼은 이승만의 목에 빨간 선을 만들었다.

뉴욕데일리.

어젯밤 한 저택에서 동양인 남자 하나가 의문의 살해를 당했

아메리칸
드림

다. ……살해 흔적으로 보아 칼로 목을 베어 다량의 피가 나온 걸로 보인다. 증인의 말에 따르면 복면의 사내들이 갑자기 덮쳤고 자신은 집 밖으로 내보냈다고 한다. 이로 미루어 볼 때 원한 관계에 의한 살인이라고 할 수 있을 것 같다.

한동안 경찰들이 국민회를 집중 조사했다. 이승만의 살해 혐의를 국민회에 두었기 때문이다.

하지만 증거는 물론이거니와 범인 역시 찾을 수 없었다. 아무도 동부로 이동한 사실을 확인할 수 없었기 때문이다.

대찬은 더 이상 수사를 받아 사소한 흠을 잡히지 않기 위해 경찰 쪽의 유력한 인사를 로비하여 사건을 일단락 지었다.

이승만을 죽인 범인을 찾을 수 없자 경찰은 증언을 했던 사람을 추궁하였는데, 불씨는 애먼 데로 튀었다. 복면을 썼다는 것을 핑계 삼아 새로 백인 우월주의 단체인 KKK(Ku Klux Klan)를 지목하였던 것이다. 이들은 원뿔 모양의 복면을 쓰고 유색인종에게 범죄행위를 하는 것으로 유명했다.

"어두워서 자세히 보지는 못했지만, 복면 위로 뿔이 난 것처럼 보였어요."

백인 사회에 대한 옹호를 위해서 일을 확장시키기 싫었던 경찰들은 조용히 미제 사건으로 수사 종결을 해 버렸다.

삼국간섭(러시아, 프랑스, 독일)에 의해서 외교의 중요성을 배운 일본은 러시아에 반감이 있는 미국, 영국을 자신들의 편으로 만드는 데 성공했다.

제국주의를 표방하던 일본은 확실한 뒷배경이 생기자 식민지를 만들기 위해서 노력했는데, 그 작업을 착실히 진행 중이었다.

을사년에 강제로 늑약을 체결한 일본은 군대를 해체하고 외교권을 빼앗아 갔으며 사법권과 경찰권까지 박탈했다. 말을 잘 듣지 않고 어떻게든 상황을 바꿔 보려는 고종 황제를 압박하여 황위를 양위시켰고 거리낄 게 없어지자 순종을 이름뿐인 황제로 만들었다.

조선통감으로 임명된 데라우치 마사타케는 한국을 흡수하기 위해서 일본 총리인 가쓰라 다로와 끊임없이 의논하였다. 그 결과는 한국의 권력자들을 집중 매수하는 것이었다.

자신들이 협박하여 병합하는 모양새가 좋지 않음을 알기에 데라우치는 윤덕영을 대리인으로 쓸 작정을 하고 매수하기 위해 집중했다.

윤덕영은 순종의 비妃인 순정효황후純貞孝皇后의 삼촌이었고 융희 2년에 시종원경侍從院卿으로 임명되었다. 그는 왕의 시종과 시강 업무를 맡은 시종원의 수장이었던 것이다.

아메리칸
드림

덕수궁, 석조전.

서양식 건물이 궁 한편에 자리하고 있었는데, 건물 동관의 기본 설계는 영국인 G. R. 하딩이, 내부 설계는 영국인 로벨이 하였다.

고종에 이어 순종은 생활하기 편한 석조전에서 주로 생활하였는데, 석조전은 서양의 궁전풍으로 매력적인 분위기를 담고 있었다.

직사각형의 모서리 부분을 둥글게 깎은 탁자를 두고 주변에 의자들이 감싸듯이 둘러져 있는 접견실에서는 여러 사람이 심각한 분위기로 대화를 하고 있었다.

"폐하, 옥새를 내어 주시옵소서."

순종과 순종의 비 윤씨는 옥새를 달라는 자들을 참담한 심정으로 지켜보고 있을 수밖에 없었다.

"폐하, 이것은 나라를 위한 일이옵니다."

고종 황제를 강제하여 늑약을 체결한 곳도 이 자리라는 것을 순종은 알고 있었기에 같은 말만 반복하는 저들의 주둥이를 찢어 놓고 싶었다.

특히 비의 삼촌인 윤덕영이 더 적극적으로 나서자 순종은 절망하고 있었다.

"옥새는 짐에게 없소."

"그것이 무슨 말씀이시옵니까?"

"짐에게 없으니 그리 아시오."

순종은 자리를 파했다.

데라우치는 수하들에게 일러 궁궐을 샅샅이 수색하여 옥
새를 찾으라 했지만, 아무리 수색해도 찾을 수 없었다. 그러
자 매일같이 옥새를 달라고 순종을 괴롭혔다.

순종은 옥새가 매국노들의 손에 들어가면 한국이 없어짐
을 알기에 옥새의 행방에 대해서 절대 말하지 않았다.

어느 날 순종의 비 윤씨의 상궁이 찾아왔다.

"옥새를 찾으신다고 들었습니다."

"그렇소. 아는 것이 있소?"

상궁은 윤덕영에게 금전과 가족들의 높은 관직을 약속받
고 사실을 알려 주었다.

"옥새는 윤비께서 치마 속에 숨기고 다니십니다."

사실을 알게 된 윤덕영은 다음 날 모두 모인 장소에서 윤
비의 치마 속을 뒤져 옥새를 빼앗아 갔다. 그러고는 병합에
동의한다는 문서에 옥새를 날인했다.

옥새가 날인되자 데라우치는 순종에게 병합 문서에 서명
하라고 강요하였지만 순종은 절대로 하지 않았다. 하지만 옥
새가 찍혔다는 것만으로도 만족한 듯 8월 29일 한국이 일본
에 병합되었음을 선포했다.

일본은 한국의 국권을 침탈한 자신들의 행위에 정당성을
부여하기 위해 한일합방韓日合邦, 한일합병韓日合倂 등의 용어

를 썼다. 그러나 한국인들은 치욕스러운 일을 당했다며 경술국치庚戌國恥라고 불렀다.

한국의 초대 총독이 된 데라우치는 식민화 작업에 속도를 내었는데, 헌병경찰제도에 기초한 무단통치武斷統治를 행하는 한편, 민족의식이 높았던 황해도와 평안도 지역에 대한 대대적인 탄압을 계획하였다.

그러다 압록강 철교 개통식에 참석하기 위해 평양, 선천, 신의주 등을 시찰하는 도중에 분노한 한국인들이 그를 암살하려는 계획을 추진하였으나 실패로 끝났다.

암살의 계획이 미수로 그치자 데라우치는 이를 이용하기로 했다. 황해도 북서부의 안악安岳 지방을 중심으로 민족운동가들을 검거하였고 김구金九, 김홍량金鴻亮, 한순직韓淳稷, 배경진裵敬鎭 등을 내란 미수와 모살미수 등의 혐의로 기소하였다. 그리고 이것을 시작으로 수많은 독립운동가들을 체포 구금하였다.

체포된 인사들 대부분은 증거 불충분으로 풀려났으나 일부는 형량을 받았다. 그리고 이들 중 몇몇은 친일로 돌아섰다.

경술국치의 소식은 바로 미국에까지 알려졌다. 나라를 잃어버린 한국인들은 분노하고 슬퍼했다.

미국에 있던 인사들은 한국인들을 모아 집회를 열었는데

주요 골자는 우리의 손으로 광복을 이루자였다.

청년들은 군대에 자원입대하였고 수많은 동포들은 독립자 금모금운동에 적극 동참하였다.

할리우드의 경복궁 터에는 수많은 목재들이 쌓여 있었다. 건물들이 올라갈 곳에 미리 준비해 두고 조립하여 건물을 만 드는 일만 남았다.

모두가 잠들어 있는 시각.

검은색 일색의 복장을 갖춘 사내가 무거운 기름통 하나를 들고 있었는데, 목재 근처로 가서 통에 든 기름을 뿌리기 시 작했다.

탁탁.

성냥에 불이 붙자 기름을 뿌려 둔 곳에 투척하였다.

활활 타오르는 목재들 사이로 불씨를 골라내 다른 곳에 쌓 여 있는 목재에도 불을 옮겨붙였다.

목재가 타는 소리에 바깥이 어수선하여 잠에서 깬 사람이 이를 보고는 소리를 질렀다.

"불이야!"

불을 낸 사내는 불길을 뒤로한 채 조용히 사라졌다.

길게 한 줄로 늘어선 채 손에서 손으로 물을 담은 양철통

을 건네주며 진화 작업을 진행했지만, 크게 불이 난 목재들
은 계속 타들어 가기만 했다.

불이 완전히 잡힌 시간은 해가 뜨고 나서였다.

쾅!

다 타 버린 목재를 발로 차며 김 씨는 무척 화를 냈다. 특
히 가장 중요한 기둥이 될 목재만 중심으로 홀라당 태워 버
렸다. 제까지 하며 하나씩 하나씩 정성스럽게 모았던 목재들
이었다.

"어떤 개자식이야!"

김 씨는 범인을 찾기 위해 직접 범인을 본 사람이 있는지
묻고 다녔다.

대찬은 최근 들어 좋은 소식을 거의 듣지 못하고 좋지 못
한 소식들만 전해 듣고 있었다.

"몽성학교에 불이 났습니다."

"국민회 건물에 불이 났지만 초기에 잡았습니다."

불이 난 곳은 굉장히 많았고 거의 대부분 제대로 끄지 못
했다. 불안한 마음에 경계를 두기로 했지만, 광범위하게 커
진 한인들의 건물들을 전부 다 지킬 수는 없었다.

"또 불이 났군."

"네, 범인은 알 것 같은데요."

"아무래도……."

"일개 개인이 하지는 않은 것 같으니, 아무래도 그렇죠?"

"제 나라도 아닌데도 패악을 저지르는 것은 똑같구나."

"더 이상 두고 보면 안 될 것 같아요."

"음……."

안중근은 한창 군대를 만들고 있었다. 일당백의 군인들을 만들기 위해서 혹독한 훈련을 통해 내부투쟁 활동을 할 수 있는 실력을 만들려고 하였다.

"일단 특수조들을 이용해서 범인을 잡아 보겠네."

광복군 특수조들은 방화를 일으킬 장소들을 선정해서 대기하며 범인을 기다렸는데, 어찌 된 일인지 다음 방화는 일어나지 않았다. 경계하며 기다렸지만 역시 다음 방화는 일어나지 않았다.

탕.

총소리가 났다.

국민회 건물과 바로 옆 건물의 사이에는 작은 샛길이 있었는데 항상 그늘져 있는 곳에서 누군가 간부에게 총을 쐈다.

건물에서 한인들이 쏟아져 나와 총에 맞은 사람을 확인했는데, 다행히 팔에 맞아 목숨에 지장은 없었다. 특수조는 바로 범인의 뒤를 쫓기 시작했다.

아메리칸
드림

다카키는 일본 영사관에서 근무하던 장교였다. 최근 미국에서 한인들의 약진이 두드러지자 본국에 보고되었고 본국에서 내려온 지령은 주요 건물과 인물에 대한 암살이었다.

한참 방화를 하다가 더 이상 하면 잡힐 거라는 예상을 하고 암살로 방향을 바꿔 국민회 근처에서 대기하고 있었다. 한인들과 비슷한 외모는 다카키를 평범하게 만들었고 숨어서 대기하기 역시 좋았다.

기회를 보다가 중요한 인물을 보았는데 이상설과 박용만이었다. 그들을 발견하자 총을 쐈는데 동시에 한인들이 우르르 쏟아져 나오는 것을 보고 그대로 줄행랑을 쳤다.

쫓아오지 못하게 구석구석 작은 길로만 도망쳤는데, 얼마 가지 않아 막다른 골목에 들어섰다. 그곳에는 한 무리의 한인들이 대기하고 있었다.

"칙쇼!"

"쥐새끼, 드디어 잡았다."

특수조는 범인을 에워쌌고, 이제 붙잡을 일만 남았다. 그런데 대뜸 범인이 총을 꺼내 들자 무기를 들고 대기하던 특수조 군인들이 총을 바로 쐈다.

탕!

미간에 정확하게 한 발.

"죽이면 어떡해!"

조장인 사내가 투덜댔다.

"그러면 어떻게 합니까? 저놈 쏜 총에 맞고 뒈집니까?"

"다른 데 쏴도 되잖아! 예를 들어 팔이라든가, 다리라든 가!"

멋쩍은 웃음을 짓던 사내가 말했다.

"습관이 되어 놔서…… 심장 아니면 정확히 미간, 조장님 도 그렇게 배웠잖습니까!"

"됐고, '칙쇼' 하는 것 봐서 일본 놈이야. 어서 치워!"

그동안의 일들이 일본의 범행이라는 게 확인이 되자 대찬 은 민주당에 일본이 미국 시민권자의 소유 재산을 파괴한다 고 알렸다.

민주당은 정치자금을 많이 대 주는 대찬의 재산이 줄어들 면 지원금이 줄어들까 봐 걱정하여 해결해 주겠다고 하였다.

공식적으로는 미국이 일본을 지원하는 형태를 띠고 있었 기에 민주당은 비공식적인 루트로 일본 영사관을 압박했다.

"더 이상 한인들을 괴롭히지 마시오."

일본 측은 대답했다.

"그런 적 없습니다."

"한동안은 조용하겠네요."

"걱정이네, 우리는 다시 돌아갈 것인데 그럼 이곳에 있는 동포들은 누가 지켜 주나?"

"제가 있는데 뭐가 걱정이에요."

"자네를 믿기는 하네만은 그래도 걱정이 되는 건 사실이네."

"그런 걱정은 하지 않으셔도 돼요."

대찬은 어깨를 으쓱하며 안중근을 안심시켰다.

"그런데 그분들도 합류하기로 했어요?"

"보재溥齋(이상설)와 우성宇醒(박용만) 말인가?"

"맞아요. 특히 보재 님은 학자 같다는 생각을 했거든요."

"나는 큰 도움이 될 것 같네. 특히 보재는 러시아어에도 일가견이 있으니 말일세."

"러시아어를 할 줄 알아요?"

"기회가 닿아 여러 가지 언어를 배웠다고 들었네."

대화가 잠시 끊겼다. 서로 작별의 시간이 오고 있다는 것을 알기 때문이다.

"이제 곧 돌아가시겠네요?"

대찬은 담담한 척 말했다.

"음……."

"이번에 가시면 우리는 언제 다시 만날 수 있을까요?"

"……최대한 빨리 광복을 이루어 보세."

말없이 뜨거운 눈빛만 오갔다.

대찬은 안중근을 포함한 다수의 사람들을 배웅하기 위해 항구로 갔다. 떠나는 한인들의 목적지는 상해였는데 도착하면 만주로 가서 활동하기로 계획했다.

떠나는 가족들을 배웅하는 사람들로 항구는 붐볐고 미국 국적의 배에 한인들이 가득 찼다.

뱃고동을 울리며 커다란 배는 점이 되어 갔다.

"대한 독립 만세!"

떠나는 한인들에게 해 줄 수 있는 최고의 배웅이었다.

날씨는 무척이나 화창했다.

서부로 떠나기 전의 하와이는 호놀룰루 중심으로만 개발되어 있었고 그 외에는 농장들이 대부분이었는데, 대찬의 호텔 사업이 활성화되면서 관광객들이 돈이 된다는 사실을 인지한 하와이 지주들은 본격적으로 관광 개발을 하기 시작했다.

그리고 외부 유입이 늘어나자 자질구레한 범죄들이 증가하여, 호놀룰루를 중심으로 자경대가 구성되었다.

자경대는 외지인들이 말썽을 일으키지 않게 감시하였는데, 인종차별이 덜한 하와이지만 백인들을 단속할 수는 없었다. 공권력 있는 직책은 모두가 백인들로 구성되어 있었는데, 백인들에게는 너무나도 관대하게 행동했고 유색인종에게는 단호했다. 불만이 많았지만 외부에서 하와이를 압박하는 것은 더 싫었기에 유색인종들은 불편함을 감수하고 참을 수밖에 없었다.

관광객들의 유입으로 물가가 오르고 살기가 **빡빡**해지자 하와이로 이주 왔던 한인들은 하와이에 잠시 머물렀다가 샌프란시스코로 갔다.

샌프란시스코에는 국민회도 있었고 그 주변 나파 밸리나 새크라멘토 밸리에 한인들이 집단으로 자리하고 있다는 사실을 하와이에 도착하면 알 수 있었다.

한인들이 샌프란시스코에 도착하면 대부분 먹고살 길을 찾았는데, 국민회의 안내로 많은 숫자가 할리우드의 궁궐터로 갔다. 한창 개발하고 있는 할리우드에는 일자리도 많고 한국과 똑같은 건물과 분위기라 적응하기도 수월했기 때문이다.

대찬은 하와이로 온 김에 잠시 쉬었다가 서부로 갈 생각을 했는데 뜻대로 되지 않았다. 하와이 유력가들의 모임에서 대찬을 찾은 것이다.

말끔한 신사복을 갖춘 대찬이 모이나 호텔 작은 연회장으로 가자 많은 사람들이 환영해 주었다.

"존, 오랜만에 보는군요."

"월터 씨, 그간 잘 지내셨어요?"

"난 잘 지냈습니다. 본토에서 새로 사업을 한다더군요."

"한국인들의 주식이 쌀이라서 농장을 하나 만들었습니다."

"그랬군요. 존, 커피 사업이 생각보다 고전하고 있습니다."

"네?"

대찬은 의아한 나머지 되물었다. 에넬라 커피는 본토에서 장사가 잘되고 있는 것으로 알고 있었다.

"동부의 자본가들이 우리의 커피 사업을 모방하여서 경쟁 업체가 생겼습니다. 그래서 경합을 하게 됐는데, 가격을 낮춰 버리니 매출이 많이 줄어들게 되더군요."

"우리도 가격을 낮추면 되지 않을까요?"

"그게 어렵습니다. 하와이에선 품질 좋은 커피의 수확이 많지 않고 운송 비용까지 들어서 가격을 낮추면 적자가 됩니다."

"동부에서는?"

"듣기로는 아프리카나 남미에서 싸게 물건을 가지고 온다더군요."

"우리도 그렇게 하면 되지 않을까요?"

월터는 고개를 흔들었다.

"시도를 해 봤는데 동부 쪽의 입김이 세서 우리에게 물건 주기가 힘들다고 하더군요."

남미에서 물건을 받기 힘들다는 이야기를 듣자 대찬은 미래에서의 기억을 떠올리며 커피를 생산하는 국가를 추적했다.

'남미와 아프리카를 제외하면 아시아인데 인도네시아나 필리핀, 이쪽에 있으려나?'

확신이 들지 않았지만 커피가 자라는 비슷한 기후의 국가들이 떠올랐다.

"월터 씨, 아시아 쪽을 한번 알아봐 주시겠어요?"

"일단 알아봐야겠군요."

커피 이야기가 끝난 후에는 호텔 이야기를 주로 하였는데 관광객이 많아 승승장구해 매출이 더 오르고 있으며 객실이 부족해 확장 공사에 들어갔다고 했다.

"월터 씨, 지금처럼 장사가 잘되면 하와이에 정착하겠다는 사람들이 많이 생길 텐데요?"

"마침 그런 사람들이 많아지고 있다고 들었습니다. 덕분에 하와이의 땅값이 많이 올랐는데, 하와이에 땅을 소유한 사람들이 팔지 않는다고 하더군요."

"왜 그런 거죠?"

"대부분은 하와이의 지주들이 가지고 있고 나머지는 원주민들이 많이 소유하고 있는데, 조상들이 물려주신 땅이라고 팔지 않는다고 하더군요."

대찬은 호텔을 짓기 전에 모큘레이아의 사탕수수 농장의

땅을 다 사들였는데, 미리 선점하기를 잘했다는 생각이 들었다.

"공급이 절대적으로 부족하겠네요?"

"누군가 땅을 팔지 않으면 계속 그럴 겁니다."

미래에 있을 때 제주도를 떠올렸다. 땅이 부족한데 제주도민들은 팔지 않아 땅값이 천정부지로 치솟았었다. 특히 타운하우스 한 채에 17억을 호가했는데, 일반 사람들은 상상만 하는 별장이었다.

'타운 하우스라……'

제주도를 생각하자 집을 만들어서 팔아야겠다는 생각이 들었다.

"월터 씨, 우리가 만들어서 팔죠."

"그러면 좋겠습니다만, 앞으로 더 가치가 오를 거라고 생각되는 이곳에 집을 지어 판매하고 싶지는 않군요."

"하와이는 오아후 섬 말고도 다른 섬도 많이 있잖아요."

"오아후 섬을 제외하고는 많이 개발되지 않아서 사람들이 집을 살지 모르겠군요."

대찬은 빙그레 웃었다.

"신도시를 개발해야지요. 누구든지 집을 보는 순간 여기서 꼭 살아야겠다는 생각이 들 정도로요!"

"확실히 도시를 만들면 사람들이 서로 입주하려고 하겠군요."

의견을 나누다가 의기투합한 두 사람은 신도시를 만들기로 했다. 적당한 자리를 알아보니 하와이 섬이 하와이제도에서 가장 큰 섬이었고 자리도 많아 하와이 섬에 투자를 하기로 했다.

미래 계획적인 도시를 만들기 위해 대찬이 계획하고 월터는 자신의 인맥으로 최고급 주택을 만들려고 했다.

구역별로 관공서가 들어갈 자리와 상업 지구, 주택 지구로 나눴고 최대한 하와이의 자연미를 살리면서 경치를 죽이지 않게 노력했다.

대찬은 피부색 때문에 제약이 많았지만 월터로 인해서 도시 사업은 급속도로 진행되었다.

두 사람이 이미 보유하고 있는 재산 덕에 투자자를 더 끌어들이지는 않아도 되었지만, 이익을 나누어야 대찬의 입장에서는 안전장치가 되기 때문에 적당한 사람들을 투자자에 포함시켰다.

여기에 대찬은 한 가지 더 의견을 냈는데, 땅을 제공하는 사람들에게 제공하는 만큼 크기에 차등을 두어서 집을 지어주자는 것이었다. 최신식에 최고급, 새집에 대한 환상을 미끼로 걸자, 땅을 제공해 주는 사람들이 많았다. 큰 땅을 제공했지만 큰 집이 필요 없다고 하는 사람에게는 집과 함께 적당한 보상금을 주었다.

대찬은 호놀룰루에 적당한 크기의 땅을 구해서 모델하우

스를 열었다. 모델하우스는 간접 체험이 가능해서 사람들의 반응이 무척이나 좋았다.

그리고 집의 구조와 청사진을 그려 분양을 했는데, 분양받은 분포도를 보면 피부별 인종별로 구역이 나누여서 서로 적당한 거리가 있었다. 대찬의 입장에서는 어이가 없는 일이었지만, 시대적으로는 너무 당연한 일이라 대찬의 입은 항상 굳게 닫혀 있었다.

처단 II

인도네시아 지역의 수마트라에서 품질 좋은 커피가 많은
양 생산된다는 정보를 입수했고 농장주와 수입 계약을 할 수
있었다.

대량으로 수송하기 위해, 관광객을 유치하려고 만들었던
해운 회사에 무역 일을 할 수 있는 배를 장만했다.

그렇게 미국 전역에 싸면서도 품질 좋은 커피를 충분히 공
급할 수 있게 되었다.

새 커피는 하와이의 커피와 다른 풍미가 있었는데, 대찬은
끙끙대며 원두를 볶으며 최고의 맛을 찾으려 노력했지만 비
전문가인 그보다 오히려 원두 볶는 일에 도가 튼 숙련자들이
맛을 잘 찾아냈다.

허탈해진 대찬은 원두 볶는 일을 내팽개치고 숙련자들에게 하와이 커피와 인도네시아 커피를 섞어서 가장 좋은 비율과 조합을 찾아보라고 하였다.

　그렇게 숙련자들이 찾아낸 커피를 마셔 본 대찬은 훌륭하다며 포상금을 주었다. 그리고 따로 맛 좋은 커피를 개발해야겠다는 생각이 들어 커피 개발 부서를 따로 만들어 세계 각지의 커피를 모아 연구하도록 했다.

　결과는 무척이나 훌륭했는데, 과테말라의 커피는 화산재의 영향인지 커피에서 스모크 향이 난다고 했으며 엘살바도르에서는 극상 품질의 커피들이 생산되어 커피 특유의 맛과 향이 최고라고 했다.

　그 외에도 많은 커피들의 고유한 성질들을 찾아냈고 무척이나 다양하게 즐길 수 있다는 것을 알게 되자 대찬은 커피를 제대로 즐길 줄 아는 사람들을 대상으로 고급화 전략을 써야겠다는 생각을 했다.

　월터를 찾아간 대찬은 커피 맛에 대한 연구 결과를 전해 주며 커피 맛의 다양함을 들어 고급 카페의 이미지를 만들자고 했다.

　여러 가지 커피의 맛을 본 월터는 '같은 커피지만 맛이 다르다'고 했던 대찬의 말과는 다르게 본인은 별 차이를 느끼지 못했다. 그래서 고급화 전략에 대한 별다른 감흥이 없어 대찬의 의견의 반영을 나중으로 미뤘다.

명환은 대찬이 돌아와서 무척이나 기뻐했다. 제일 친한 친구를 한동안 볼 수 없어서 침울했는데, 다시 보게 되자 무척이나 좋았다.

"오빠!"

"응?"

"나 궁금한 게 있어!"

순이는 입이 트여 여러 가지가 궁금했다.

"엄마가 내 머리 빗어 주면서 가르마가 예쁘게 됐다고 했는데 가르마는 영어로 뭐야?"

명환은 뜨끔했다. 가르마를 영어로 생각해 본 적이 한 번도 없었다. 그런데 순이에게는 잘난 오빠처럼 보이고 싶었다.

"음…… 그거는 헤드라인Headline이라고 해."

"헤드라인?"

"응, 머리에 난 줄이니까 헤드라인이야."

말을 마치고 먼 곳을 보니 대찬이 집으로 돌아오고 있었다. 대찬은 본토에서 생활하면서 너무 긴 머리가 불편해 적당히 자른 뒤 묶지 않고 풀고 다녔는데, 머리를 넘기는 습관이 들어 가르마를 타고 있었다.

순이가 외쳤다.

"대찬 오빠, 헤드라인 멋있다!"

명환은 슬그머니 사라졌다.

월터는 대찬에게 뜻밖의 손님들을 데리고 왔다.

"존, 인사하세요. 여기는 리브카 아담 씨."

"반갑습니다. 존 대찬 강입니다. 편하게 존이라고 불러 주세요."

"동양인인 것 같은데 이름을 참 잘 지었네요. 반갑습니다."

대찬은 이름을 잘 지었다는 리브카의 말이 무슨 뜻인지 궁금했다.

"이름을 잘 지었다니요?"

"존의 이름 철자가 어떻게 되나요?"

"John입니다."

"우리의 말로는 J가 묵음이 되니 요한이 됩니다. 정말 좋은 이름이지요."

"요한이면 12사도?"

"맞습니다. 성경의 요한복음을 쓰신 분이기도 하지요."

"그렇군요. 가톨릭 신자가 아니라서 제대로 모르고 있었습니다."

"괜찮습니다. 저도 가톨릭 신자가 아니니까요."

"가톨릭 신자가 아니라고요?"

"저는 유태인입니다. 우리 종교는 유태교라고 하지요."

대찬은 놀랐다. 그가 본 유태인들은 대부분 자신들만의 생활양식과 복식이 정해져 있어서 항상 그것을 고수했기 때문이다. 반면 리브카는 단정한 신사복에 머리도 잘라서 단정히 빗었다.

"다른 유태인분들과는 복장이 다르시네요?"

"하하, 저처럼 주변과 동화하길 원하는 유태인들은 주변인들과 똑같이 생활한답니다. 그리고 군인 생활을 조금 했더니 전통 복장이 약간 거추장스럽더군요."

자주 받는 질문인 듯 리브카는 능청스럽게 머리를 한번 쓸어 넘겼다.

"존, 리브카 씨가 제의를 하셨네."

"제의요?"

월터의 말에 대찬은 궁금한 눈빛으로 리브카에게 되물었다.

"하와이 섬에 도시를 짓고 있는 것이 무척 감명 깊었습니다. 그래서 유태인 공동체 마을을 건설할 생각을 하고 있는데, 귀 회사가 맡아서 했으면 해서 수소문해 물어보니 월터 씨를 만나게 됐습니다."

"공동체요? 적당한 숫자면 직접 하셔도 될 것 같은데요?"

"좀 많습니다."

"얼마나 많은가요?"

"아이들까지 하면 한 2만 명 정도 됩니다."

"2만 명요? 그럼 마을이 아니고 도시가 될 건데요?"

"그러니까 제가 감명 깊게 본 것이지요. 아주 계획적으로 도시를 건설 중이던데요."

"미래를 보고 만들었으니까요. 그런데 그렇게 많은 숫자면 이스라엘로 가면 되지 않을까요?"

"이스라엘이요? 하하, 우리들의 나라가 없어진 지는 천 년도 넘었습니다."

유태인 하면 자연스럽게 이스라엘이 생각나는 것은 당연한 일이었다. 그런데 리브카는 이스라엘이라는 나라는 존재하지 않는다고 했다.

"이스라엘이 없다고요?"

"이스라엘은 존재하지만 지금 그곳은 다른 나라가 차지하고 있습니다."

"다른 나라라면?"

"존 씨는 유태인에 대해서 잘 모르시는군요. 설명하자면, 팔레스타인이라는 나라가 우리의 땅을 차지하고 있지요. 물론 소수의 유태인들이 아직도 그곳에 남아서 살고 있기는 합니다."

리브카는 말을 마치고 나지막이 한숨을 쉬었다. 반면 대찬은 머리가 핑핑 돌기 시작했다.

'이스라엘이 없으면 나중에 생긴다는 이야기인데, 그래서 팔레스타인과 사이가 안 좋았나? 이스라엘의 건국 과정을 모르지만 대충 예상이 되는데, 그렇다면 똑같은 일을······.'

"엣헴."

깊게 생각에 빠진 대찬에게 월터가 눈치를 줬다.

"아, 그럼 새로운 도시를 만들고 건설까지 해 드려야 하나요? 아니면 계획이 필요하신 건가요?"

"우리는 귀 회사에 투자를 해서 같이 만들었으면 합니다."

이야기를 들은 대찬은 월터에게 고개를 돌렸다.

"내 지분을 일정 부분 넘기기로 했습니다."

무례하게 면전에서 고개를 흔들 수 없었던 대찬은 마음속으로 혀를 찼다.

'쯧쯧, 유태인은 돈 냄새는 귀신같이 맡는다고 하던데.'

"저도 지분을 넘겨 드려야 하나요?"

"아닙니다. 월터 씨에게 인수하기로 한 지분으로도 충분합니다."

둘은 이미 사전 협의가 된 것 같았다. 대찬은 새로운 동업자가 생긴 것이 달갑지 않았지만 사회적으로 너무 약자인 그는 수긍만이 답이었다. 대신 유태인을 어떻게 이용해 먹을지를 골똘히 생각했다.

"좋습니다. 이렇게 된 거 솔직하게 이야기해 보세요."

"마침 이름이 똑같네요. 존 데이비슨 록펠러라는 분이 있는데……."

"록펠러……."

거물 인사의 이름이 호명되자 대찬은 깜짝 놀랐다.

"그분을 알고 있나 보군요? 아무튼 공동체를 설립하려는 목적을 갖고 있었는데, 제가 하와이에 와서 놀라운 계획도시를 보았지요. 그래서 랍비들에게 알려서 잠시 기다려 달라고 했습니다."

"그럼 저는 계획만 세우면 되겠네요. 부지는 이미 마련된 것 같으니까요."

"정확히 보셨습니다. 장소는……."

한참 이야기를 한 뒤 마련한 장소에 답사를 가기로 약속하고 자리를 마쳤다.

그리고 대찬은 홀로 앉아 생각에 잠겼다. 가장 큰 수확은 리브카가 록펠러 가문과 연결되어 있다는 이야기를 들은 것이었다. 대찬은 잘하면 군수 사업을 수월히 할 수 있겠다는 생각을 했다.

'그런데 록펠러야 록히드야?'

헷갈린다는 것이 대찬의 가장 큰 고민이었다.

대찬의 주변에서 가장 믿을 수 있는 사람들은 가족들과 정인수였는데, 인수 역시 길재와 친분이 두터워서 대찬이 부하처럼 부릴 수 있는 인물은 아니었다.

"일을 맡길 사람이 너무 없어!"

사업은 늘어 가고 일은 점점 많아지지만 믿고 쓸 수 있는 사람이 없었다. 그렇다고 아무나 붙잡고 일을 맡기자니 불안한 점이 한두 가지가 아니었다.

철영은 프린스턴에서 공부를 마치고 하와이로 돌아왔다. 많이 배웠지만 배운 것을 딱히 쓸데가 없어서 학교에서 아이들을 가르치며 교사로 지냈다. 나름 적성에 맞았지만 자신의 자리가 아니라고 느꼈다.

"도련님, 안녕하세요."

도련님은 대찬을 지칭하는 말이었는데, 워낙 한인들이 길재와 그의 가족들에게 도움을 많이 받아서 대찬을 보면 모두들 도련님이라고 불렀다.

"형, 도련님이라고 부르지 말라니까요!"

"아니에요. 제가 막 부르면 주변 사람들이 흉봐요."

"어휴……."

대찬은 도련님 소리를 들을 때마다 온몸에서 소름이 돋았다. 못 하게 말려도 보고 화도 내 봤지만 여전히 사람들은 대찬을 부르는 호칭을 바꾸지 않았다.

"형은 교사 생활 어때요?"

"그럭저럭 할 만해요."

만족스럽지 않은 말투였다.

"다른 일 하고 싶어요?"

"아니, 뭐…… 그냥."

"속 시원하게 얘기해 봐요."

조금 뜸을 들이더니 이야기했다.

"독립운동을 할까 해요."

철영이 독립운동 이야기를 하자 안중근이 돌아간 후의 일들이 하나씩 생각났다.

안중근은 광복군을 만들어 돌아간 후에 많은 활약을 하기 시작했다. 경술국치 이후로 독립운동에 뜻이 있는 사람들이 하나씩 모이기 시작하자, 일본의 입장에서도 제법 골치 아픈 일들이 지속되었다.

광복군에는 여러 사람들이 합류했는데 백사白沙 이항복李恒福의 10대손으로 명문 세가의 후손인 우당友堂 이회영李會榮은 가문의 전 재산을 팔아 광복군에 지원하고 합류하였다.

이외에도 김원봉金元鳳, 김상옥金相玉, 김좌진金佐鎭, 홍범도洪範圖 등이 활발하게 활동했다.

일제를 괴롭히는 광복군의 선전에 힘입어 합류하는 젊은 이들이 많아진 편이었다.

"그런데 고민하는 것 같네요?"

대찬의 물음에 철영은 고개를 끄덕였다.

"가고는 싶지만……."

아메리칸
드림

"형, 애국하는 길은 한 가지만 있는 게 아니에요."

철영의 눈이 동그랗게 뜨였다.

"도련님, 그게 무슨 말이에요?"

"도련님이라고 부르지 말라니까요!"

"그래도……."

"뭐가 그렇게 마음에 걸리는지는 모르겠지만 다르게 애국을 해 봐요!"

대찬은 철영의 팔을 붙잡고 끌고 갔다.

"일단 제대로 일해 봐요."

마침 리브카와 약속한 답사도 가야 되었기에 그사이에 확인해야 할 일과 진행 방향에 대해서 설명하고 제대로 일을 가르쳤다. 철영은 서툴렀지만 적성에 맞았는지 산더미 같은 일을 보고서도 즐겁게 했다.

철영에게 일을 맡기고 편하게 리브카가 말했던 부지인 동부로 이동했는데, 동행으로는 길현과 인수가 함께였다.

두 사람은 떠나기 전에 품속에 권총을 한 자루씩 챙겼는데, 그럴 일은 없겠지만 만일에 있을지 모르는 상황을 대비해서 준비했다.

먼 길을 이동하면서 겪을 수 있는 상황은 오로지 인종차별밖에 없었다. 본토로 향하는 배에선 해운 회사 지분이 있어 좋은 방으로 배정돼 편하게 이동했지만, 서부에서 동부까지

가는 길은 굉장히 불편했다.

차를 타고 이동하는 것은 길이 포장되어 있지 않아 순수한 오프로드의 길이어서 엉덩이가 불편했고 기차를 타면 백인 전용 칸만 있고 나머지 피부색들은 기차 뒤쪽 량들로 배정이 되어 있었다. 문제는 흑인들 역시 황인인 동양인들을 무시한다는 것. 같은 칸에 배정되어 있어 나란히 앉아 있지만 따가운 눈총은 피할 길이 없었다.

이동은 항상 두 가지 시선이었다. 적의 혹은 신기함.

이동하는 내내 불쾌한 감정이어서 동부에 도착했을 때 안도했지만 언제 그랬냐는 듯 세 사람은 잔뜩 예민해져 있었다.

"작은아버지, 전에 재판 있을 때는 이곳에 어떻게 오셨어요?"

"유쾌하지 못했지만 그때는 분노가 더 커서 참을 만했다. 그런데 이번에는 참…… 내가 어떻게 여기를 왔는지 신기하기만 하구나."

잔뜩 긴장한 채로 약속한 곳에 도착하자 리브카가 마중을 나와 있었다.

"존, 왔군요. 일단 준비해 둔 곳으로 가서 여독을 풀지요."

차를 타고 이동하자 안내한 곳에는 집 한 채가 한적한 곳에 자리 잡고 있었다.

"여기 보이는 이 집에서 쉬시면 되고 여기서부터 필요한 만큼 계획하면 될 것 같습니다."

"필요한 만큼요?"

아주 넓은 평원이 눈앞에 펼쳐져 있었다.

피곤한 마음에 넓은 평원만 보고 바로 마련해 준 집에 들어가서 쉬어 버렸지만, 다음 날 일어나서 보니 티끌 하나 없이 쭉 뻗은 평원은 마음까지 시원하게 뚫어 주는 것 같았다.

"어휴⋯⋯."

좋은 마음은 잠시뿐이었고 주변을 돌아보기 위해서 몸을 움직였다.

주차되어 있는 자동차를 타고 높은 곳으로 이동했다. 전체적인 틀을 짜기 위해서는 한눈에 모든 것을 담은 후에 구역을 나누는 것이 효과적이었다.

매사추세츠 주 이름 모를 산으로 운전해서 가는 길은 산이 커서 그런지 가까운 것처럼 보였지만 사실은 굉장히 먼 거리였다.

"가면 엄청 고생하겠는데? 다시 준비해서 가야겠다."

높은 산을 보고 대찬은 다시 숙소로 돌아갔다. 만반의 준비를 갖춘 채로 올라가기 위해서였다.

다음 날 대찬은 길현과 인수를 동행으로 며칠 먹을 식량과 천막, 침낭 등 장비를 챙겨서 산으로 갔다.

산의 초입에 도착해서 보니 하루 만에 오를 수 있을지 의문이 드는 높이였기에, 대찬은 장비를 챙기길 잘했다는 생각이 들었다.

완벽하게 준비한 세 사람은 산을 타기 시작했다. 한참을 등산해서 제법 높은 곳으로 가자 주변이 훤하게 보였다. 그러나 만족할 수 없었는데, 넓은 평원만 보이고 주변의 지형지물이 보이지 않았기 때문이다.

이미 해는 지고 있었기에 적당한 곳에 자리를 잡고 쉴 준비를 했다.

"으스스하네."

인수는 양팔을 감싸며 비비기 시작했다. 들리는 짐승들의 소리가 예사롭지 않았다. 툭하면 늑대들이 산 전체가 들리게 하울링을 했고 알 수 없는 짐승들의 울음소리도 들렸다.

불안한 마음을 뒤로한 채 불침번을 정해 번갈아 가며 수면을 취했다. 다행히 별일 없이 아침을 맞이했지만 마음이 불편해서인지 깊게 자지 못했다.

"대찬아, 어서 올라갔다가 내려오자!"

어서 돌아가 편한 잠자리에서 쉬고 싶었던 길현은 대찬을 재촉하며 이틀째 산행을 시작했다. 길은 무척 험난했는데 평소에 사람들의 왕래가 전혀 없는지 길이 없었다.

힘들게 꼭대기까지 올라가자 경치가 아주 좋았다.

"역시 땅덩이가 넓은 나라여서 그런지 모든 것이 다 큼직

하네요."

"그래도 나는 고향에 있는 뒷산이 더 좋더라."

길현의 말에 인수는 말이 없어졌다.

대찬은 주변에 보이는 것들을 지도로 그리기 시작했고 며칠 더 묵어야 하기 때문에 길현과 인수는 며칠 쉴 수 있는 장소를 만들기 위해서 동분서주했다.

맹수에 속하는 짐승들이 많이 서식한다는 것을 깨달은 둘은 짐승들이 침범하지 못하게 숙소로 쓸 곳 주변으로 방어할 수 있는 벽을 만드는 데 집중했다.

맑게 갠 날씨 덕에 대찬이 아주 멀리 볼 수 있는 환경이 되었는데, 넓은 평원이 있는 뒤로 멀리 산들이 병풍처럼 사방을 둥글게 감싸고 있었다. 그리고 그 사이에 작은 언덕들이 몇 개 보였고 물줄기가 길게 이어진 강도 보였다.

주변의 지형을 그리고 나서 언뜻 가늠해 보니 도시를 계획하는 곳이 상당히 넓다는 것을 알 수 있었다.

지도를 그리는 일이 완성되자 구역을 나누는 일을 시작했는데 한가운데는 교회를 만들 수 있게 넓은 구역을 넣었고 강이 있는 곳 주변에는 공원과 대학이 들어갈 자리를 정했다. 대학을 강변에 붙인 이유는, 즐겨 보던 방송에서 조정 경기를 한 적이 있었는데 무척 흥미로웠기 때문이다.

대찬은 미래에서 본 도시계획을 착안해서 반듯하고 실용적인 계획을 세울 수 있었다.

"완성!"

중요한 일을 마치자 대찬은 주변 구경을 제대로 못 했다는 생각이 들어 주변을 산책하기 시작했다. 그러다 올라온 곳의 반대편인 산 뒤쪽으로 갔는데, 바로 보이는 산 밑에는 어마어마한 강이 보였다.

"끄응……."

신음이 툭 튀어나온 대찬은 미국이라는 나라가 괜스레 질투가 났다.

"기름 나오지, 물 많지, 땅 넓지, 어휴……."

푸념을 늘어놓던 대찬은 앉아 있던 자리에서 일어나 한번 탈탈 털고 길현과 인수가 기다리는 곳으로 향했다.

탕.

총소리가 산을 울렸다.

급한 상황이 벌어졌음을 직감한 대찬은 숲 속을 달리기 시작했다.

탕탕!

"형님, 우리 고향 마을 뒤쪽에……."

길현과 인수는 한창 재미있게 대화하고 있었다.

"그래서…… 어, 형님!"

아메리칸
드림

벌떡 일어선 인수는 허리에 차고 있던 총을 뽑았다.

"숙여요!"

탕.

길현을 향해 뛰어들던 짐승은 총소리에 놀란 듯 순간 멈칫했지만 몸에 이상이 없음을 알고 다시 목적을 이루기 위해 길현에게 달려들었다.

총을 쏘는 인수를 보며 놀란 길현이 뒤를 돌아보자 고양이를 닮은 짐승이 달려드는 것이 보였다. 애써 침착하게 총을 뽑아 보려 했지만, 너무 긴장한 탓인지 총을 뽑을 수가 없었다.

탕탕.

이번에는 맞았는지 풀썩 쓰러졌다.

"형님, 괜찮으세요?"

길현은 온몸을 바들바들 떨었다. 놀란 얼굴로 미약하게나마 고개를 끄덕였다.

"무슨 일이에요!"

마침 대찬이 임시 거처로 달려왔다.

"괘, 괜, 괜찮다."

자신은 괜찮다고 말하는 길현의 뒤쪽으로는 큰 짐승 하나가 누워 있었다. 가까이 가서 보자 1미터 정도 되는 크기에 고양이를 굉장히 닮아 있었는데 털의 색은 갈색이었다.

"더 이상 있다가는 큰일 나겠네요. 어서 내려가요!"

세 사람 다 매일 밤 짐승들의 소리 때문에 위험하겠다는
생각을 했지만 직접적인 피해가 없었기에 안심하고 있던 찰
나에 맹수에게 목숨의 위협을 받자 산을 떠날 준비를 서둘
렀다.

 "대찬아, 그런데 저놈 가죽은 갖고 가야 되지 않겠느냐?"

 안정을 찾은 길현은 퓨마의 가죽이 못내 아쉬운 듯이 말했
다.

 "작은아버지, 죽을 뻔하셨는데 가죽 생각이 나세요?"

 "버리고 가면 너무 아까울 것 같구나."

 "알겠어요. 그럼 가죽만 챙겨 가요."

 좋지 못한 실력이었지만 열심히 가죽을 벗겨 챙겼다.

 올라가는 길은 힘들었지만 산에서 내려오는 것은 빨랐다.
차를 놔둔 산의 초입에 도착하자 어둑해졌지만 숙소로 갈 수
있다는 것에 피곤한 줄 모르고 운전해 숙소에 도착했다.

 대찬이 산에서 내려온 뒤 리브카를 만나 지도와 구상한 도
시계획표를 보여 주자 그는 굉장히 흡족해했다.

 곧바로 리브카는 건물을 지을 사람들을 데려와 대찬에게
계획에 대한 설명을 다시 한 번 부탁했고, 대찬은 흔쾌히 설
명을 해 주었다.

 대찬이 자신이 할 일이 더 이상 없음을 느끼고 리브카에게
돌아가겠다고 이야기하자 그는 조금만 더 있다가 계획대로

되고 있는지 확인하고 가 달라고 했다. 마음 같아서는 떠나고 싶었지만 대찬에게도 어느 정도 수입이 생기는 일이었기 때문에 쉽사리 움직일 수 없었다.

'돈 때문에 참는다! 그런데 이제까지는 정말 운이 좋아서 피부색으로 피해가 없었지만 앞으로는 모르니 함부로 할 수도 없고, 참……'

대찬의 가장 큰 걱정은 차별받는 것이었다.

'웃기게도 흑인은 황인종은 무시하는데 백인들을 두려워하고 백인들은 오히려 황인종은 그나마 비슷한 피부색 때문에 어느 정도 수용하는데 흑인들을 완전히 무시하니……. 아이러니해.'

공사에서 지휘를 하고 관리하는 사람들은 백인들이었고 하와이와는 다르게 건물을 지을 자들은 대부분 흑인들이었다. 하와이에서는 피부색에 상관없이 모든 인종들이 섞여서 일을 했는데 이곳에는 흑인들만 있었다.

흑인들은 대찬의 일행을 무시했는데, 백인들과 제법 친하게 지내자 불편한 시선을 넘어서 적의 어린 눈빛을 보냈다.

손꼽아 떠나는 날만 기다렸지만 리브카는 떠나려는 대찬을 자꾸만 잡았다.

"자꾸 왜 그러세요?"

"존, 하루만 더 있었으면 합니다."

"이유가 뭔가요?"

"묻지 말고 하루만 더 있어요."

이유도 없이 붙잡기에 여러 날을 보냈지만 이번에는 달랐다. 하루라는 단서도 달았기에 참기로 했다.

다음 날 대찬은 떠나기 위해 짐을 쌌다. 어서 지긋지긋한 이곳을 떠나고 싶었다. 철영에게 맡겨 놓은 사업들도 걱정이 되고 여러모로 마음이 불안했다.

"대찬아!"

방 밖에서 대찬을 부르는 길현의 목소리가 들렸다.

"네."

정리하던 짐을 놓고 방 밖으로 나가자 노신사가 기다리고 있었다.

"자네가 존인가?"

"그런데요. 누구신지요?"

"반갑네. 어린 존, 나는 록펠러의 존이라고 하네."

편하게 앉을 수 있는 자리로 옮겨서 대찬은 존 록펠러를 유심히 보았다. 깔끔하게 정리된 머리에 멋들어지게 기른 수염은 노신사를 한층 돋보이게 만들었다.

"자네를 만나 보고 싶었네."

"왜 저를?"

"그저 늙은이의 호기심이랄까?"

미소를 띠며 말을 이었다.

"내가 최근 독점금지법으로 인해서 기업을 해체했지. 모은 재산도 많겠다, 사회에 환원하자는 생각으로 여기저기 기부를 하는데, 재밌는 소식이 들어오더군. 자네는 뭔지 알겠나?"

"잘 모르겠어요."

"동양인이 백인 사회에 기부를 한다고 하더군. 그것뿐만이 아니라 정치계 쪽으로도 자금 지원을 계속하면서 말이야."

"⋯⋯."

"그래서 너무 궁금했지, 어떻게든 주류 사회로 진입하려는 목적이 너무나 보였거든. 설명을 해 줄 수 있겠나?"

대찬은 마치 큰 시험대 위에 올라온 기분이었다. 크게 심호흡을 한번 하고 말했다.

"솔직하게 나라와 동포를 위해서 그랬습니다."

"나라와 동포? 자네는 이미 미국 시민권자이지 않은가?"

"물론 저는 미국인입니다만, 한국인이기도 합니다. 그런데 그 나라는 일본에 뺏겼고⋯⋯."

"그리고?"

"지켜야 될 동포들이 많습니다."

"닮았군, 마치⋯⋯."

"유태인처럼 말이지요?"

"돌아갈 수 있겠나?"

"저는 유태인도 돌아갈 수 있을 거라고 생각합니다."

"하하하, 재미있구먼."

존 록펠러는 한참을 웃었다.

"좋아, 좋아. 이제 와서 돌아간다 한들 무슨 소용이 있는 지는 모르겠지만, 아주 기분 좋은 이야기였네."

존 록펠러는 대찬과 짧은 시간 동안 더 이야기를 하고 다음에 보자는 말과 함께 떠났다.

존 록펠러를 만나고 난 후 바로 떠난다는 이야기를 전하니 이번엔 리브카도 잡지 않았다.

동부에서 서부까지 다시 피곤한 일정이 이어졌는데, 동부로 이동할 때와 마찬가지로 시선이 따가워서 편하게 가지는 못했다.

"드디어!"

샌프란시스코에 도착을 하자 마음이 편해졌다. 캘리포니아에서는 한인들의 여러 가지 활동으로 상당히 우대받는 편이었다.

"어휴, 다시는 가고 싶지 않구나."

"작은아버지, 죄송해요. 저 때문에……."

"괜찮다. 우리만 잘되자고 이러는 것이 아니니."

길현은 캘리포니아 주에 도착을 하자 일단 동양인을 보는 시선이 확연히 달라지는 것을 확실히 느끼고 있었다. 이제까지 백인들을 대상으로 로비를 하고 사회에 기부한 것이 인식이 되었는지 무관심 혹은 호의를 가진 눈빛들을 봤다.

"대찬아, 앞으로는 미국 전역에서 한인들을 대하는 태도를 호의적으로 만들고 싶구나."

"저도 그랬으면 좋겠어요."

　　　　　　　　　♣

　대찬은 하와이로 가기 전에 사업체들을 둘러보면서 이상이 없는지 확인했다.

　농장들은 그사이에 한인들이 몇 배는 더 늘어났는데, 한인들이 너무 집단으로 살고 있다 보니 지나가는 백인 아이들이 한국어를 하고 돌아다녔다. 농장에 소속된 직원들의 자식들이었는데, 따로 다닐 수 있는 학교가 없을뿐더러 길재가 무상으로 학교를 운영했기 때문에 백인 부모들은 불만은 있었지만 교육을 위해서 한인 학교에 보냈다.

　한인들만 학교를 다니면 한인들이 교육을 전담했겠지만 백인들이 섞이면서 제대로 가르칠 수 있는 교육자들을 고용했다.

　한인 학교에 다니자 아이들은 눈에 띄게 변했는데, 예와 효를 중시하는 한인들의 특성상 아이들의 예의가 좋아졌다고 좋아하기 시작한 것은 후일담이다.

안정된 농장은 엄청난 숫자의 씨앗들을 소유하게 됐는데, 육종가가 필요하게 되었다. 적당한 부지에 땅을 마련해서 연구소 건물을 짓고 식물을 개량하고 품질을 향상하기 위한 연구를 시작했다. 그리고 식량을 많이 확보해 창고에 보관하기를 지시했는데, 몇 년 뒤면 제1차 세계대전이 일어나기 때문이었다.

　　"전쟁 준비를 해야지!"

　　전쟁이 나면 가공식품에 대한 수요가 증가하기 때문에 하와이에 있는 스미스를 불러 통조림을 생산할 수 있는 기계 공정을 의뢰했다.

　　이미 특허 신청을 해 놓은 원터치 캔으로 공장을 만들게 했는데, 각각의 크기별로 만들 수 있게 여러 생산 라인을 구축했고 과일, 콩, 옥수수 등을 가공하여 통조림을 만들어서 창고에 보관하게 했다.

　　만들고 나서 보니 단백질로 만들어진 음식이 없는 것 같아 대찬은 목장을 만들어서 소와 돼지를 기를 수 있는 사업체를 신설하였다.

　　흑인과 접촉이 너무 없었다고 생각한 대찬은 목장만큼은 흑인들 위주로 고용했다. 이들에게도 똑같은 월급에 승진할 수 있는 기회를 평등하게 두자, 대찬은 오히려 흑인들에게 미안할 정도로 감사 인사를 받았다.

농장 일을 어느 정도 마무리하고 할리우드로 향했다. 궁의 건설 진행을 확인하기 위해서였다.

"김씨 아저씨!"

한참 주변을 돌다가 쫓아다니는 사람을 닦달하던 김 씨는 대찬의 목소리에 힐끔 쳐다보기만 하고 계속해서 하던 일을 했다. 궁금한 대찬이 가까이 가서 보니 백인에게 김 씨가 소리치고 있었다.

"그만 쫓아다녀!"

김 씨는 영어를 할 줄 몰랐고 백인은 한국어를 몰라서 서로 말이 통하지 않았다. 김 씨는 귀찮고 피곤한 표정이었고 백인은 아주 간절하게 조르고 있었다.

"무슨 일이에요?"

"알 것 없다. 저리로 가자."

전체적인 상황을 볼 수 있는 곳으로 가는 길까지 백인은 졸졸 쫓아왔다.

화재로 인해서 목재가 불타 버린 적이 있어서 궁의 주변 성벽부터 세웠는데, 궁성의 문은 이미 각루가 완성되어 있었다.

"너무 아름답네요."

김 씨의 뒤에 서 있던 백인은 연신 감탄하고 있었다.

"누구예요?"

"모르겠다. 이름이 너무 길어서."

시큰둥하게 말했다. 무슨 말이 오갔는지 모르는 백인은 눈만 끔뻑이며 설명해 달라는 표정이었다.

"저는 존입니다."

"영어를 하시는군요! 저는 프랭크 로이드 라이트라고 합니다."

"프랭크 씨, 저분은 왜 쫓아다니는 거예요?"

"그게……."

프랭크는 수차례 건물을 설계하고 지은 건축가였다. 최근에 진행하던 일을 마무리하고 휴가차 날씨가 좋은 로스앤젤레스에 왔다가 보기 드문 건물들이 집단으로 있는 것을 보고 호기심이 동했다.

유려한 곡선의 아름다움과, 비슷한 것 같지만 쓰임새에 따라서 다른 분위기를 풍기는 건물, 주변 환경을 정원으로 쓰는 것 같은 느낌은 프랭크를 매료시켰다.

한인들의 건물에 홀딱 반한 프랭크는 건물을 짓고 있는 책임자를 찾았다.

"……그렇게 물어서 미스터 김을 찾았지만, 배우고 싶어도 가르쳐 주려고 하지 않네요."

풀이 죽은 프랭크를 보고 고개를 돌려 김 씨를 봤다.

"에헴."

"왜 안 가르쳐 주는 거예요?"

"나이가 많잖아."

"그거뿐이에요?"

"그게 다지. 나이도 많은데, 지금 배워서 죽을 때 써먹게?"

"프랭크 씨, 나이가 어떻게 되세요?"

"44세입니다."

"아저씨, 프랭크 씨는 44세라는데요? 뭐가 많아요?"

"그럼 곧 뒈질 거 아니냐?"

한인들은 대부분 수명이 짧았다. 이유는 여러 가지였지만 가장 대표적인 이유는 위생에 대한 개념이 희박했기 때문이다. 미국으로 이주해서는 주변에 동화되어서 그나마 위생 관념이 생겼지만 지천명을 넘기만 해도 장수했다고 했다.

"미국 사람들 오래 살아요!"

"아무리 오래 살아도 쓸 만해지려면 10년은 배워야 하는데 말도 안 된다."

"프랭크 씨, 전통 한옥은 10년은 배워야 한다는데, 괜찮겠어요?"

"배울 수만 있다면 저는 좋습니다."

"아저씨, 그래도 배우고 싶다는데요?"

못마땅한 김 씨였지만 쫓아다니는 마음이 기특했는지 고개를 끄덕였다.

"단, 조건이 있다. 한국말을 해야 한다."

"프랭크 씨, 조건이 있대요."

"뭔가요?"

"한국어를 해야 된대요."

"꼭 배우겠습니다."

"아저씨, 한국어도 배우겠대요."

마음을 굳힌 듯 김 씨는 소리를 질렀다.

"막내야, 여기 데리고 가라!"

김 씨의 제자들 중 막내라고 불린 사내가 허겁지겁 뛰어와 프랭크를 데리고 갔다. 그는 함박웃음을 지으며 즐거워했다.

"진작 받아 주시지 그랬어요."

"그렇지 않아도 조만간 받아 줄 참이었다. 네가 와서 그게 조금 더 빨라졌지. 아무튼 저기 보이겠지만 벽과 각루는 완성이 되었다. 저기 벽이 없는 곳은 목재를 운반해야 해서 저렇게 해 놓은 거고, 앞으로 1년하고 조금 더 걸릴 것 같다."

"생각보다 빠르네요?"

"쓸 만한 나무가 많기도 하고 사람들이 적극적으로 하는지 생각보다 속도가 빠르구나."

"정말 아름답네요."

서양의 성과는 다른 멋이 있는 궁궐을 보며 대찬은 감탄했다.

웅장하지만 수수한 멋이 돋보이는 궁을 보며 한편으로는 안타까움이 생겼다. 미래의 한국에서는 진정한 경복궁의 절반도 보지 못했던 것을.

"궁을 완성하고 난 다음에 뭘 하실지 생각해 보셨어요?"
"생각해 보지 않아서 모르겠다."
"그럼 다른 것도 크게 지어 보실래요?"
"어떤 것을 말이냐?"
"대학교라든지 도서관 같은 거요."
"얼마나 커야 되는 거냐?"
"원하시는 크기로요."
"일단 궁을 짓고 생각해 보겠다."
김 씨는 바로 일터로 갔다.

록펠러

안창호는 한국으로 돌아가서 애국 운동을 했다. 하지만 경술국치로 인해서 나라를 뺏기고 데라우치의 애국 단체 말살 정책으로 인해서 애국 단체들이 산산조각 났다. 그나마 그에게 희망이 되는 것은 만주에서 안중근이 광복군을 만들어 일본을 압박하고 있고 국내에서는 기습 작전을 하는 광복군이 있다는 것이었다.

안창호는 한국으로 가기 전에 대찬이 주었던 편지를 생각날 때면 틈틈이 읽어 보았다.

도산 선생님, 아마 국내로 돌아가시면 무장투쟁만이 정답이라는 것을 느끼게 될 것이라고 생각합니다. 그리고 국외에서가 아닌 국내에서 활동을 하려 하시겠지요. 그런데 일본은 과거부터 한국을 집어삼키기 위해서 수십 년을 계획하고 예상하며 준비했을 겁니다. ……이미 뿌리가 썩은 나무에서 희망을 찾지 마시고 앞으로 그곳에 대대손손 자리를 지킬 나무를 새로 심어야 한다고 생각합니다. 다만 우리가 지킬 것은 지켜야겠지요…….

"우리가 지켜야 될 것이라."

안창호는 많은 일을 겪으면서 꼭 지켜야 될 것들을 생각했었다.

"역사, 문화, 민족."

확신에 찬 독백을 뱉고 마음이 정해지자 대찬의 편지의 마지막에 쓰인 글귀가 생각이 났다.

"끝까지 살아남는 자가 승리자다."

생각했던 대로 지켜야 될 것을 정하자 그때부터는 한국의 문화와 역사에 관련된 것을 수집하기 시작했다. 대찬이 지원해 준 자금이 많았으므로 자금이 부족한 적은 없었다.

그렇게 모은 것들을 보관할 곳을 찾았는데, 어디든 안전하다고 생각되는 곳이 없자 미국으로 하나씩 보내기 시작했다. 그중에는 조선 초기 화가 안견安堅이 그린 몽유도원도와 춘경산수도까지 포함되어 있었다.

아메리칸
드림

미국은 여러 가지 언어가 혼합되어 사용되었는데 대표적인 언어로 영어를 사용했지만 지역별로 프랑스어, 스페인어 그리고 원주민인 인디언의 언어를 사용하는 곳도 있었다. 한인들이 처음 이주해서 접하는 하와이에도 언어가 따로 존재했다.

그러다 문득 농장에서 백인 아이들이 한국어를 사용하는 것을 보고 대찬은 한 가지 꾀를 내었다.

"캘리포니아에 한국어를 정착시켜 보자!"

수많은 언어들이 공존하는 곳에 한국어가 포함된다고 해가 될 것 같지는 않다고 느꼈다. 아직까지 캘리포니아의 인구수가 엄청 많지는 않았기에 충분히 해 볼 만하다는 생각을 했다.

대찬은 질적 교육 향상을 핑계로 한인들이 사는 곳을 중심으로 학교를 만들기 시작했다. 학교를 다니는 학생들 숫자를 조정해서 한인들을 절반 이상 배정했고 나머지 학생들은 다른 인종들로 배정했다.

당연하게도 인종차별로 인해서 부모들이 학교로 보내지 않을 것이기 때문에 미끼를 걸었는데, 무상 급식과 무료교육, 우등생에 한하여 대학 교육 장학금까지 내걸었다. 그리고 그에 대한 보상으로 한국어와 한국 역사를 포함시켰다.

반응은 생각보다 좋지 않았지만 소득이 낮은 계층의 아이들은 꾸준히 학교에 출석했다. 이는 무상 급식의 힘이 컸는데, 굶는 아이들이 많았기 때문이다.

대찬은 부랴부랴 아침도 제공하고 필요한 사람은 저녁 도시락도 제공을 했는데, 점심을 제외하고는 대찬의 지시로 순수하게 한식 위주로 짰다. 자극적이지 않고 될 수 있으면 입맛에 맞는 식단을 짠 덕인지 제법 인기가 좋았다.

"명명하여 문화 침투!"

대찬은 백 년 뒤 바뀔 미래를 생각하면 기분이 좋아 혼자 파안대소를 했다.

프랭크는 새로운 건축양식을 배운다는 것이 너무나 흥분되고 하루하루가 너무나 즐거웠다. 한옥을 배우면서 놀란 것은 전혀 못을 사용하지 않고 규격에 맞게 짜서 서로 맞물려 건물을 짓는다는 것이었다.

하지만 그에게 정말 어려운 것이 있었다.

"저기 가서 줄 쳐 놔."

"OK."

"한국말로 해!"

버럭버럭 화를 내는 김 씨의 등쌀에 힘들었고, 제대로 설

계 도면 없이 도제식으로만 이루어진 교육 방식 때문에 눈대
중으로 일을 해야 해서 힘들었다. 그래서 한옥을 짓는 것을
자신의 방식으로 하나씩 기록하고 설계 도면을 남기는 것이
프랭크의 주요 일과 중 하나였다.

그러다 보니 먹줄 놓는 일에 능통하게 되었는데, 김 씨는
그것을 보고 프랭크에서 전담으로 먹줄 놓는 일을 시키게 되
었다.

정확히 줄을 치고 하루의 일이 마무리되자 그때부터는 주
변의 다른 사람들의 집을 방문하며 설계도를 그리는 일을 했
다. 각각의 집들마다 구조가 조금씩 달랐는데, 한국에서 살
았던 지역마다 조금씩 달라 그에 대한 흥미로움에 시간이 가
는 줄 모르고 푹 빠져 살았다.

"프랭크 있는가?"

프랭크가 거하고 있는 집은 작은 한옥이었는데, 방문 밖에
서 친하게 지내는 동료의 목소리가 들렸다.

끼익.

"웬일입니까?"

"대목장이 이거 전해 주라고 하시네."

방문인은 책을 한 권 넘겨주었다.

"감사합니다."

"이만 가 보겠네."

동료가 돌아가자 궁금함에 김 씨가 줬다는 책을 펼쳐 보았

다.

"80미터!"

프랭크는 경악성을 터트렸다. 목재 건물로 80미터가 넘는 설계도였는데, 가능할 것이란 생각이 들지 않았다. 하지만 상상만 해도 황홀해 넋이 나갔다.

책의 이름은 황룡사구층목탑이었다.

　

대찬은 무엇을 할지 고민했다. 할 수 있는 사업은 많았지만 이제는 진입 장벽이 생겨서 무작정 선뜻 할 수가 없었다. 지금까지 사업이 순탄하게 이루어진 것은 운이 많이 작용했다고 생각했다.

"일단 대통령이 바뀐 뒤부터 생각해야겠네."

미국의 정치 상황은 태프트가 무척 고전하고 있었다. 시어도어 루스벨트가 아프리카에서 돌아온 후에 '새로운 국가주의'를 주장하며 활동했는데, 노인들과 무직자들을 위한 보험을 포함한 사회적 정의를 위한 요청은 물론 정직한 정부, 큰 사업에 수표, 환경 등에 자신의 정책들을 포함하였다. 그러자 보수적인 공화당원들은 루스벨트와 거리를 두며 태프트와 선을 두었다.

당내 예비선거에서 루스벨트가 이겼음에도 불구하고 대통

령 후보전 회의에서 태프트를 지지하기로 했던 의원들은 비밀투표에서 태프트를 재지명했다.

진보적 성향을 가지고 있던 의원들과 루스벨트는 탈당하여 혁신당을 창당했고, 혁신당은 시어도어 루스벨트를 대통령 후보자로 선정했다.

반면에 민주당에서는 별다른 잡음이 없이 우드로 윌슨이 대통령 후보로 선정됐다.

안창호는 안중근을 찾아갔다.

"오랜만입니다."

"도산, 미국에서 본 이후로 처음 보는군요."

한참 두 사람은 해후를 나누었다.

"사실 부탁이 있어서 찾아왔습니다."

"부탁요? 허심탄회하게 말해 보세요."

"우리가 지켜야 될 것이 많이 있더군요."

안창호는 대찬의 편지를 받고 생각했던 것들에 대해서 안중근에게 설명해 주었다.

"그사이에 장한 일을 하고 계셨군요."

"마땅히 해야 할 일이지요. 그런데 가장 걸리는 것이 하나 있더군요."

"그게 뭡니까?"

"대한제국의 왕족들을 그냥 두고 볼 수가 없더군요."

경술국치 이후에 대한제국은 사라지고 일본만이 남았는데, 양위를 강제당한 고종은 태황제가 되어 덕수궁에 감금되었다. 호칭은 폐하에서 격하된 '전하'라고 불리었고 덕수궁 이태왕이라고 했다. 순종도 마찬가지로 창덕궁에 감금되고 이왕이라고 불렸다.

"흠……."

"구출해야 되지 않겠습니까?"

안중근은 단지동맹을 할 때 잘라 반만 남은 무명지의 손가락을 습관적으로 만지며 고민했다.

"결행해야 될 일이지만 두 분 외에도 여러 왕실 가족들을 구출해야 할 터인데……."

"힘들겠지요?"

"일단 간부들을 소집해서 의논해 봐야겠습니다."

광복군의 간부들을 죄다 소집하니 회의실이 비좁았다. 긴급을 요했기 때문에 간부들을 제외하고는 큰일이 벌어진 거라 예측한 사람들은 긴장했다.

"제가 여러분을 긴급 소집 한 이유는……."

황족 구출 계획은 대부분 찬성이었지만 반대하는 사람들의 숫자도 적지는 않았는데, 이유는 적은 숫자로는 불가능한 일이며 국내로 들어서는 순간부터는 사방에 적들만 존재한다는 것이었다.

"그래도 우리의 황족분들이신데 피해를 감수하고서라도 구출해야 되지 않겠습니까?"

이회영은 적극적으로 구출을 원했다.

"방법이 없지 않습니까? 아무리 특수조가 무력으로 대단하다고 하더라도 구출에 대한 확신이 없는데 괜히 생목숨만 희생하는 것 아닙니까?"

갑론을박이 벌어지는 와중에 안중근은 대찬과의 대화가 생각이 났다.

"선생님, 전략 전술은 굉장히 입체적으로 만드는 겁니다. 장기 둬 보셨죠? 결국에는 왕을 잡는 거지만, 왕을 잡기 위해서 미끼를 던지고 유인을 하고 내가 공격할 수 있는 길을 만드는 거지요. 확실하지 않은 일을 할 때는 동시에 두 곳, 세 곳에서 일을 만들어서 내가 목표로 했던 일의 성공률을 높이는 겁니다."

"성공률을 높인다?"

"이토 히로부미 저격을 하셨을 때 혼자서 저격을 하셨으면 이토가 무조건 죽었다고 확신할 수 있을까요? 동료분들과 한곳을 목표로 여러 군데서 공격을 하니까 성공할 확률이 높아졌겠지요."

목이 탔는지 물을 한 모금 한 대찬은 말을 이었다.

"임진왜란 때 이순신 장군님도 이길 수밖에 없는 상황을 만들고 싸우셨어요."

대찬은 필기구를 들어 명량대첩, 한산도대첩, 노량대첩을 그려 가며 설명했다.

"……결국 필승의 전략 전술은 내가 이길 수밖에 없는 상황을 상대방에게 강제하는 겁니다. 상대방이 원하는 곳과 상황에서 싸우지 말고 절대적으로 내가 원하고 이기게 만든 다음에 싸워야 합니다."

서로 언성이 높아지며 시끄러워지자 안중근의 사색이 끝났다.

"자 자, 이렇게 싸우기만 할 것이 아니라 같이 방법을 찾아봅시다."

"방법요?"

"그렇습니다. 황족분들을 수월하게 구출하기 힘드니, 우리가 구출할 수 있는 상황을 만들어 보자는 거지요."

"과연…… 그럼 머리를 잘라야겠지요?"

안창호는 이를 갈며 데라우치를 좌중에게 상기시켰다.

"데라우치는 전국을 돌아다니며 도굴꾼을 자처하고 있다고 하니 죽일 수 있는 기회는 많다고 생각합니다."

데라우치는 한국의 문화재를 강탈해 가는 것이 취미인 것처럼 사방을 들쑤시고 다녔다.

"데라우치를 암살하는 일로는 황족을 구출하기 힘들 것 같군요. 궁의 주변에 많은 군인들이 있을 테니까요."

"그렇다면 사방에서 소란을 일으켜 군인들을 유인하면 되겠군요."

"어떠한 방식으로 소란을 일으킬 겁니까?"

"동포들에게 피해를 주면 안 되니, 일본인들의 중요 건물에 대한 기습과 방화가 한 가지 방법이 될 거라고 생각합니다."

일단 물꼬가 트이자 광복군의 간부들은 시간이 가는 줄 모르고 황족 구출을 위한 계획을 수립하기 시작했다.

"그럼 최종 계획으로…… 하면 되겠습니까?"

"좋습니다."

간부들은 흔쾌히 찬성했다.

"먼저 답사 팀을 보내겠습니다. 일본인들의 정확한 동선, 행동 반응에 대해서 확인하고 결행일을 잡도록 하겠습니다."

파하기 전 간부들은 전원 기립하고 소리를 질렀다.

"대한, 독립, 만세!"

♣

미국 전역을 들끓게 하는 소식이 신문의 머리기사로 대서특필되었다. 그것은 최고 여객선의 침몰 소식이었다.

화이트 스타 라인의 사장인 J. 브루스 이즈메이는 다른 여객선 회사와 경쟁에서 뒤처지는 것을 두려워했다. 그의 아버지는 과거에 큰 여객선을 만들고자 하였으나 여객선에 쓸 만한 엔진을 구할 수 없어서 포기했었다.

그러다 모회사의 주인인 모건과 이야기를 나눌 수 있었고 이즈메이는 보다 빠르고 크면서 승객에게 안락함과 화려함을 제공하는 그런 여객선이 있어야 한다고 의견을 제시하였다.

의견을 수용한 모건은 최고의 여객선 건조를 지시하는데. 북아일랜드 앤트림 주에 있는 벨파스트에서 건조를 시작했고 속도부터 설비의 호화로움까지 모든 것에 중점을 두고 설계하였다. 거기다 한 가지 더해 안전에도 꽤 신경을 써서 방수 구획까지 만들었다.

여객선은 1등부터 3등실까지 차등하였고 승무원들까지 총 2천 명 이상 탑승할 수 있는 이 시대 최고의 여객선을 만들었다.

이 배의 이름은 타이타닉이었다.

배가 진수되자 처녀항해를 시작했고 프랑스를 거쳐서 미국의 뉴욕까지 갈 예정을 잡았다.

타이타닉이 프랑스를 떠나 출항한 오전에 통신사는 빙산 경고를 여섯 차례나 받았지만 으레 있는 일이라고 대수롭지 않게 생각했다. 그래도 선장에게 알리려 했지만 선장이 자리에 없어서 알리지 못했다.

계속되는 소식에 통신사는 시끄럽게 하지 말라며 일침을 놓았고 늦은 시간이 되자 잠을 자기 위해 자기 방으로 가 버렸다.

당직을 서던 갑판 선원은 전방에 엄청난 크기의 빙산을 발견했다. 그리고 급하게 무전을 쳤다. 보고를 받은 항해사는 우측으로 키를 전부 돌릴 것을 명령하고 기관실에 전속 후진을 명령하였다.

조타수는 빙산을 피하려고 오른쪽으로 키를 최대한 돌렸으나 배 우현은 빙산이 있는 곳으로 서서히 접근하였다. 결국 정통으로 부딪히지는 않았지만 배와 빙산이 충돌했다.

승객들은 전부 별일이 아닐 거라 생각하며 흥겨운 분위기를 이어 나가는 데 몰두했다. 반대로 배의 상황은 급박하게 돌아가고 있었다.

방수 계획이 있었지만 워낙에 많은 해수가 밀고 들어왔다. 격벽을 내려 물이 들어오지 않게 했지만 뱃머리에 실린 물로 배는 서서히 앞으로 기울다 뱃머리가 해수면 아래로 점점 들어갔다.

선장은 펌프로 물을 퍼내려 했지만 그저 약간의 시간만 벌수 있었다. 결국 회생이 불가능함을 느끼고 조난신호를 발신하고 인근 선박에 구조를 요청했다.

여객선 카르파티아호가 조난신호에 응답해 전속력으로 타

이타닉이 있는 곳으로 향했지만, 현장에 도착했을 때에는 이미 타이타닉호가 가라앉은 지 약 1시간 30분이 지난 시간이었다.

대찬은 타이타닉의 소식을 접하자 바로 행동에 들어갔는데, 애도를 표하는 분향소를 만들고 일정 금액을 기부해서 피해자들에게 도움이 될 수 있게 했다.

그에 반사적 효과는 좋았는데, 신문사에서 좋은 기사들을 써 주었고 한인에게 좋은 이미지가 만들어져서 동부 지역에서도 한인들에게 호의적인 사람들이 아주 조금 늘어나게 되었다.

"찝찝해!"

한인들의 위상을 위해서 적극적으로 이용했지만 대찬은 죽은 사람들에게 미안한 감정이 들었다.

이미지가 좋아졌을 때 사업을 확장하고 싶었지만 동부까지는 대찬이 소유한 물건들이 이동하는 데 시간이 너무 오래 걸렸다.

이동의 불편함을 느끼자 대찬은 현대식 유통망을 만들기로 했다. 유통망은 캘리포니아 주부터 만들었는데, 이동이 편리한 곳을 몇 군데 정해 땅을 사고 집하장을 만들었으며 사람이 많은 곳에 상점을 만들고 물건을 팔았다.

반대로 다른 사업체에서 필요한 물건을 배달해 주는 대행업도 맡았는데, 물건은 주로 캘리포니아 경계선으로 많이 이동됐다.

화물차를 몰고 이동하는 사람들은 2인 1조로 움직이게 했는데 유색인종은 위험한 상황에 노출되기 쉬워 백인들로만 구성하였고, 집하장에서의 일은 흑인에게, 상점은 대부분 한인과 백인으로 채웠다.

자동차의 사용이 많아지면서 기름을 싸게 구할 필요가 생겼는데, 그때 거래처에서 온 사람은 존 록펠러였다.

"잘 있었나?"

"예, 오랜만에 뵙습니다."

처음 만남에서 잔뜩 시험만 하고 가 버린 존 록펠러가 달갑지 않았다.

"자네는 참 똑똑한 사람이야, 그렇지?"

손에 들고 온 신문을 펼치며 대찬에게 동의를 구했다.

"할 일을 한 거예요."

"그리고 자네는 주류에 편입할 수 있는 명성을 얻고."

이죽거리는 존을 보며 대찬은 속이 뒤틀렸다.

"석유 사업은 해체됐다고 하지 않으셨어요?"

"물론 해체됐지, 회사만 말일세, 하하하."

"끄응……."

"얼마 줄 건가?"

"시중 가격의 30퍼센트 할인해서요."

"안 돼, 10퍼센트."

"30퍼센트."

"10퍼센트."

둘은 말없이 눈빛만 교환했다. 한참을 그렇게 있다가 수신호가 오갔다.

"좋네, 19퍼센트."

많이 득을 보지는 못했지만 대량으로 싸게 구입을 할 수 있다는 것에 만족했다.

"계약서를 써야겠네요."

수화기를 들어 변호사를 부르려는 찰나에 존이 말했다.

"그 전에 내가 제안할 게 있네."

"제안요?"

"그 유통 사업, 나랑 같이하지 않겠나?"

대찬은 고민하는 척했다. 캘리포니아를 넘어서는 순간부터 대찬의 영향력은 없다고 봐도 무방했다. 그래서 하와이에 있는 월터를 끌어들일 생각을 했는데, 존이 사업을 같이하자고 하자 마음속으로는 쾌재를 불렀다.

대찬은 최대한 티 내지 않고 덤덤한 척 말했다.

"지분은요?"

"6 대 4, 자네가 4네."

"네?"

'누가 유태인 아니랄까 봐!'

대찬의 표정을 보고 존은 웃고 있었다.

"그렇게는 안 돼요!"

"좋아, 그럼 5 대 5."

"끄응…… 좋아요."

존과는 두 번째 만남이었지만 만날 때마다 불편했다.

'능구렁이 같은 노인네!'

"변호사 부르게."

유통 회사는 절반씩 지분을 나누어 갖는 것으로 하고 존이 제공하는 기름은 할인되는 가격에 제공하기로 했다. 대찬이 당한 것 같은 느낌이 들어 계속해서 투덜투덜했더니 존은 넌지시 가격 조정 이야기를 했고 25퍼센트까지 할인을 해 주었다.

'처음부터 25퍼센트로 해 줄 생각이었던 거지!'

대찬의 속에서는 부아가 치밀어 올랐다.

잠시 후 변호사가 오자 계약은 신속히 처리되었다.

존은 떠나기 위해서 복장을 매만지며 한쪽에 걸어 둔 모자를 집었다.

대찬은 밖으로 배웅을 했는데, 대기하던 존의 비서가 차 문을 열어 주었다. 존은 차에 타기 전에 말했다.

"참고로 난 유태인이 아니네."

미소를 지으며 존은 차에 올랐다.

부릉.

존이 탄 차가 떠나가고 대찬은 멍하니 서 있었다.

"유태인이 아니라고?"

같이 배웅을 나온 변호사가 말했다.

"반유태주의자로 유명하신 분입니다. 저는 이만 가 보겠습니다."

인사를 하고 변호사는 자신의 길을 갔다.

"뭐 하는 노인네야!"

안중근은 특수조를 통해서 궁의 주변 상황과 구출해야 될 황족들의 행동반경을 파악하며 작전을 만들고 있었다.

"태황제 폐하와 황제 폐하는 궁에 감금되셨고 나머지 황실 인원들은 학교를 다니는 인원을 제외하면 다 궁에만 계시는군."

"그렇습니다. 그런데 궁 주변에 경계 인원이 많아 적은 인원으로는 많은 황실분들을 구출할 수가 없습니다."

"그럼 데라우치와 오적들 등 암살 대상을 줄여야 하는 건가?"

정찰을 갔다 온 특수조 군인은 고민 없이 자신의 의견을 피력했다.

"데라우치 같은 경우 죽어도 일본이 다른 총독을 보내겠지만 오적 같은 경우에는 죽을 경우 대처할 인물들이 별로 없고 동포들을 덜 괴롭히지 않을까 생각합니다."

"배신자는 처형된다는 사실을 알릴 수도 있겠지. 그럼 데라우치는 다음 기회에 죽이자는 이야기인가?"

"그렇습니다. 마침 데라우치가 경성에 자주 없으니 오적들을 죽이면서 소란을 일으키면, 궁 경계 인원들이 많이 줄어들 것으로 보입니다."

"그렇군. 마침 궁 주변의 큰 집에서 살고 있는 인물들이니까."

안중근이 부하와 이야기하고 있는 중간에는 큰 탁자가 있었고 그 위에는 궁궐 주변이 한눈에 알아보기 쉽게 그려진 지도가 놓여 있었다.

"간부들을 소집하게."

황실 구출 계획의 두 번째 회의에서는 구한 자료를 바탕으로 누구를 죽이고 어떻게 소란을 일으킬지에 대한 자세한 계획을 짜고 인원들을 배정한 뒤 결행 일자를 잡았다.

"자료를 바탕으로 집중 훈련을 하고 작전까지 개인이 알아야 될 모든 것을 숙지한 뒤 각각 정해진 날짜에 정해진 장소로 집결한다."

이미 일사불란하게 행진할 수 있는 군기를 가진 광복군이었지만 국내의 상황은 이미 적지나 다름이 없었다. 그래서 회의 결과, 따로 날짜와 장소를 정하고 각자 무기도 숨겨서 이동해 약속한 곳에서 만나기로 했다.

"그대는 이번에 국내에 들어가지 마시오."

홍범도는 이미 국내에 수배 전단이 잔뜩 붙은 안중근이 국내로 들어가는 것을 말렸다.

"그게 무슨 소립니까? 광복군의 활동에 당연히 제가 가야 되지 않겠습니까?"

"그래서 더더욱 가면 안 되는 것이오. 이미 광복군의 구심점이자 수장인 사람이 그리 가볍게 움직이면 안 되오. 불같은 마음은 알겠으나 이번에는 참으시오."

"저는 참가하고 싶습니다."

"이번에는 마음을 꾹 눌러 보시오."

작전에 참가하고 싶은 안중근을 홍범도는 끝까지 말렸고 참가하지 않겠다는 확답을 받았다.

안창호는 결행일이 잡히자 국내로 들어와서 광복군이 작전에 쓸 무기와 숙식할 곳을 만들어서 제공했다. 극히 위험하고 신중한 일이었기 때문에 안창호는 스스로 몇 번씩 되물어 가며 신뢰할 수 있는 사람만 골라 도움을 요청했다.

작전에 참가할 군인들이 하나둘씩 집결하고 곧 결행일이 다가왔다.

고종 황제를 압박하여 양위를 주도했던 이완용의 집은 군중에 의해서 불타 버렸다. 그래서 후에 헌종의 후궁 경빈 김 씨가 살아서 순화궁이라 불린 곳에서 살았다.

　하루는 한상룡과 이완용 그리고 그의 아들 이항구 셋이서 당구를 치는데 하늘이 어두컴컴해지고 당구를 치던 방문 앞 고목에 벼락이 내리쳤다. 아름드리 고목은 반으로 쪼개졌고 나라 잃은 군중은 이완용이 천벌을 받았다며 속 시원해했다. 결국 불안해진 이완용은 순화궁을 벗어나 요정인 명월관에서 생활했다.

　겁이 난 이완용은 자신과 가족의 신변 보호에 대해서 각별해졌는데, 주변에 항상 경계를 서는 병력을 대기시켰다.

　명월관 대문 앞에서 경계를 서던 사람들은 평소와 다름없이 한쪽에 기대 꾸벅꾸벅 졸고 있었다. 위세가 대단한 이완용에게 해를 입히는 사람이 없었기에 나태해진 지도 오래라 평소처럼 가장 피곤한 시간에 졸음을 이기지 못했다.

　경계병이 있는 곳은 동트기 직전 무렵이라 짙은 안개가 시야를 방해했다. 그들에게 하얀 옷 일색에 하얀 복면까지 한 사내들이 벽에 붙어 최대한 소리가 나지 않고 은밀하게 접근했다. 복면인들은 눈빛과 수신호를 교환하고 바로 경계병들에게 달려들었다.

　"우읍."

　졸고 있는 사내들을 앞으로 엎어지게 내동댕이치고 팔과 다리를 구속하였고, 손발이 여유로운 자는 한 손에는 단검을 들고 쓰러진 사내의 입을 막았다.

"민족의 이름으로 사형을 선고한다."

작은 소리로 귓가에 속삭인 복면인은 단검으로 목을 꾹 눌러 그으며 동맥과 정맥에 정확히 상처를 주었다. 죽음을 직감한 사내는 발버둥을 쳤지만, 피를 줄줄 흘리며 이내 숨이 끊어졌다.

다른 자들도 확실히 처리한 복면인들은 수신호를 교환하며 시체를 끌고 명월관으로 진입했다.

명월관은 대문을 넘어서면 마당이 없고 바로 건물로 진입하는 구조로 되어 있었는데, 한옥에서 양옥으로 재건축했기 때문이었다.

안으로 들어가니 바로 있는 경계병이 자리에 앉아 꾸벅꾸벅 졸고 있었다. 그런 경계병에게 칼을 들이대자 차가운 감촉에 깜짝 놀라 일어났다.

"쉿, 이완용 어디 있나?"

물음에 상황 파악이 됐는지 긴장감으로 덜덜 떠는 손가락으로 어느 한 곳을 가리켰다.

"안내해라."

무서운지 걷다가 휘청댔지만 입을 막고 있는 복면인은 부축하며 안내하는 곳으로 갔다.

"여긴가?"

그는 속삭이는 복면인에게 대답으로 고개를 끄덕였다.

그사이 저택에서 일을 하는 사람들 중에 일찍 하루 일과를 시작한 사람이 복면인들의 모습을 보고 소리치려 했지만, 복면인들이 신속하게 입을 막아 큰 소리를 막을 수 있었다.

"쉿."

손가락으로 입을 막으며 조용하라고 일렀다. 그가 고개를 끄덕이자 다른 복면인에게 맡겼다.

'너는 그 사람을 지키고 너는 문을 열고, 나머지는 한꺼번에 돌입한다.'

말은 없고 약속된 수신호를 보이자 복면인들은 고개를 끄덕였다.

스르륵.

문을 아주 조금 열어 안의 동태를 살폈다.

복면인들은 서로 눈을 마주치며 고개를 끄덕였다.

걸음 소리가 나지 않게 살살 걸으며 이완용에게 접근했다.

번쩍.

이완용의 눈이 뜨였다.

"암살자다!"

크게 소리치며 머리맡의 베개 밑에서 총을 꺼내 자신에게 달려드는 사내들을 향해 쐈다.

탕.

총소리와 동시에 복면인들은 칼을 던졌다.

"윽."

어깨에 칼을 맞은 이완용의 맞은편, 복면을 두르고 있는 사내의 옷이 빨갛게 색칠되고 있었다.

"빨리!"

급박해진 상황에 복면인들은 이완용에게 쇄도해 칼부림을 했다.

이완용의 몸짓이 멈추자 사내들은 왔던 길을 되돌아가 도망치려 했지만, 방 밖은 어느새 몰려온 경계병들이 가득 채우고 있었다.

"어서 도망가시오."

이완용에게 총을 맞은 사내가 말했다. 그는 결심한 듯 단호하게 도망가기를 종용했다.

"어떻게……."

"빨리 가십시오. 이러다 다 죽습니다."

"돌석이, 어떻게 우리만 갈 수 있겠나!"

돌석이라 불린 이는 불편한 듯 몸을 제대로 가누지 못했지만 이완용이 쓰던 총을 집고 입구로 갔다.

"어서 가시오!"

자신의 말에도 안타까운 눈빛을 보내는 동료들을 보고 돌석은 미소를 지었다.

"빨리!"

그제야 눈가에 물기가 가득한 동료들은 창을 통해 하나둘씩 떠났다.

아메리칸
드림

손에 쥐인 총을 물끄러미 바라보는 돌석의 뇌리에 자신의 인생이 주마등처럼 스쳐 지나갔다.

돌석의 본래 이름은 이지견이었다. 몰락 양반 출신이었던 부모님은 족보를 팔아 버리고 돈을 조금 벌어 작은 땅을 사서 평생 농사를 짓고 사셨다. 지견은 땅만 보고 살라는 아버지의 소망을 담아 지은 이름이다.

폐병으로 돌아가신 아버지, 동생을 낳다 돌아가신 어머니. 세상에 자신과 동생 하나만 남았지만, 그럭저럭 남겨 주신 땅으로 살 수 있었다.

형제는 의지하며 살았지만 이토의 사망 소식에 간도에 있는 사람들이 죽임을 당했는데, 그 와중에 돌석의 동생도 같이 죽게 되었다.

혼자가 되어 버린 돌석은 같은 하늘 아래서 일본인과 살 수 없음을 느끼고 항일운동에 참가했다.

그러다 알게 된 의병장이 있었는데 신돌석이었다. 평민인 자신과 똑같은 의병장 신돌석의 이름을 듣고 자신도 이름을 돌석으로 바꾸었다.

"하하하!"

돌석은 미친 듯이 웃음이 났다.

탕탕!

문밖에서 총을 쏴 댔다.

"크크크크, 커헉……."

돌석의 입에서 핏물이 흘렀다.

"대한 독립 만세!"

크게 외친 그의 의식이 흐려지기 시작했다.

"엄마······."

돌석의 눈에 한동안 보지 못했던 어머니의 모습이 보였다.

"배······고파······요, 헤헤······."

숨소리도 들리지 않는 고요한 정적만이 존재했다.

계기

"이완용이 죽었다!"

"박제순도 죽었다!"

"오적들이 죽었다! 대한 독립 만세!"

계획한 대로 암살을 마친 광복군은 저자를 뛰어다니며 소식을 알리고 만세를 불렀다. 처음에는 어리둥절하던 대중은 기쁜 소식에 다들 만세에 동참했다.

"대한 독립 만세!"

만세는 들불처럼 번졌다. 상황이 급박해지자 일본 군인들은 진압하기 위해서 주둔지를 벗어났고, 광복군은 다음 계획을 실행하였다.

"일본인들에게 속지 마라! 한인들을 죽이려고 선동하고 있다. 오적들은 아무도 죽지 않았다. 도망가라! 여기 있다가는 죽는다!"

이야기를 들은 군중은 허탈해하고 실망했지만, 군인들이 걱정됐는지 뿔뿔이 흩어지기 시작했다.

궁을 포위하고 있던 군인들이 급히 기동하는 것을 보고 대기하고 있던 광복군은 궁에 진입을 시작했다. 평상시보다 적은 숫자에, 수월한 작전 실행이 가능해 보였다.

탕탕탕!

꼭꼭 숨어 있던 광복군은 일제히 사격하고 궁을 향해 돌격했다.

"최대한 신속하게 신병을 확보하고 떠난다."

덕수궁과 창덕궁에 나누어 포진하고 있던 광복군은 홍범도와 김좌진의 주도로 전광석화처럼 궁에 들이닥쳤다.

정문의 경계병들을 처치하자 안쪽에서 문을 걸어 잠갔는데, 준비해 놓은 사다리를 벽에 받쳐 세우고 곧장 뛰어 올라갔다.

여러 발의 총소리와 함께 소규모의 교전이 계속해서 이루어졌다. 사격 실력 하나만큼은 타의 추종을 불허하는 광복군이라 상대는 한 발 쏠 때마다 하나씩 쓰러졌다.

담을 넘어간 사람들이 문을 열어 주자 사다리를 챙겨 황제를 향해 급하게 움직였다.

총소리에 겁이 나 내다보지 못하고 건물 안에만 있던 황실 가족들을 찾았다.

"폐하, 소인은 홍범도라고 합니다."

"무슨 일로 예까지 찾아온 것이오?"

"모시기 위함입니다."

황제는 뜸을 들였다.

"다른 가족들은 어떻게 되는 것이오?"

"다른 분들 역시 찾아뵙고 떠나기를 요청하고 있습니다."

"나는 되었소. 아들을 부탁하오."

"어인 말씀이시옵니까?"

"나까지 떠나면 이 나라에는 황손이 없으니 나라도 남아서 자존심을 지켜야겠소. 그러니 당대 황제인 아들을 잘 부탁하오."

"폐하……."

너털웃음을 지은 고종 황제는 말했다.

"어서 가시오. 시간이 얼마 없는 것 같소."

홍범도는 고종 황제에게 경건하게 절을 올렸다.

끄덕끄덕.

고종 황제는 다시 건물 안으로 들어갔다. 그러면서 아이가 있고 임신한 비들을 전부 다 쫓아 보냈다.

탈출이 시작됐다. 가지고 온 사다리를 덕수궁 뒤쪽 문이 없는 곳에 받치고 넘어갔는데, 이미 탈출 계획을 세워 놓아서 일사천리로 진행되었다.

사다리를 넘어 마련해 놓은 안가에서 신분을 위장하기 위해서 옷을 갈아입고 규모를 축소시켜 남들이 볼 때 가족인 것처럼 위장했다. 그러곤 정해 놓은 탈출 경로로 이동을 시작했다.

목표는 동해를 통해서 블라디보스토크로 이동하는 것이었는데, 한 곳에 많은 사람이 몰리면 위험하다는 판단에 동해에 있는 모든 포구로 나누어 갔다.

이동 중에 복녕당福寧堂 양 귀인梁貴人에게서 고종 황제의 고명딸이 태어났다. 산후 조리 때문에 잠시 국내에서 머물러야 했지만 일본 군인들이 전국을 샅샅이 뒤지고 있어서 기회를 틈타 겨우 벗어날 수 있었다.

블라디보스토크에 도착해서는 비보가 전해졌는데, 고종 황제가 붕어했다는 소식이었다. 황실 가족들은 몇 날 며칠이고 통곡만 했다.

황실의 탈주가 확인되자 데라우치의 분노는 걷잡을 수가 없었다. 한국을 병합하고 안정시키기 위한 장치 중의 하나였던 황실이 고종을 제외하고는 남지 않자 고종이 별 필요가 없어 보였다.

데라우치는 일본의 총리와 전신을 주고받으며 의논했는데, 고종보다 시급한 것은 오적들을 대신할 인물들을 만드는 것이었다.

그러다 이완용의 아들 이항구가 눈에 들어왔다. 데라우치는 이항구를 중심으로 다시금 친일 인사들을 만들었다.

그러던 중에 일이 터졌는데, 믿었던 이항구가 이완용의 복수의 대상으로 고종 황제를 점찍었고 독살하였던 것이다. 화가 난 데라우치는 이항구의 근신을 명령했다.

한인들의 반응은 즉각 나타났다. 광화문 앞에서 하얀 상복을 입고 곡을 하기 시작한 것이다.

데라우치는 한인들이 집단행동을 하는 것을 무척이나 경계하였는데, 이미 세 번의 의병 활동이 있었고 이번에는 황실 가족 탈출 사건까지 있었기 때문이었다. 그래서 데라우치는 주변에 헌병들을 포진해 놓았다.

처음 하루 이틀은 조용히 곡만 하고 지나갔으나 이내 사건이 하나 벌어졌다. 헌병들이 그새를 못 참고 상복 입은 한인 여성을 희롱하였던 것이다.

"대한 독립 만세!"

봉기한 군중은 헌병들을 돌팔매질하며 공격하였고 이내 만세 운동으로 번졌다.

데라우치는 걷잡을 수 없이 커진 민중 봉기를 진압하도록 명령하였고 헌병들은 총을 쏘기 시작했다.

탕탕탕!

총소리와 함께 이름 모를 수많은 시체들이 쌓여만 갔다.

사건이 일어난 후에 약간의 시간이 흘러 미국에 소식이 도착하자 한인들 사이에 침울한 분위기가 형성됐다. 한인들이 있는 곳이라면 어디서든 하얀색 상복을 볼 수 있었으며 자발적인 독립운동 모금 행사가 이루어졌다.

존 록펠러는 사업의 확장은 이런 것이다를 모범적으로 보여 주었다. 대찬과 계약을 맺는 즉시 전역에 걸쳐서 집하장을 만들고 유통망을 만들어 내기 시작했던 것이다. 화물차의 발주 속도가 확장 속도를 쫓아가지 못할 정도였다.

기존 유통망이 화물차로 이루어졌다면 록펠러가 만든 유통망은 기차까지 이용함으로써 동부와 서부 간에 장거리 유통마저 손쉽게 이루어 낼 수 있었다.

미국 전역에 유통망이 만들어지자 필요에 의해서 변화하기 시작한 것들이 있었는데, 그 첫째는 화물차의 대형화였다. 기존에 존재하던 화물차는 많은 양을 운송하기 힘들었기에, 유통이 활성화됨을 본 자동차 회사들은 큰 화물차를 만들기 위한 작업에 착수했다.

다른 하나는 인구의 유동이 크게 늘었다는 것이다. 화물을 운송하는 사람들이 이곳저곳 다니며 좋거나 인상적인 것을 보게 되었고 경험이 입으로 전해져 소문이 나면서 자신이 사는 곳을 벗어나 새로운 환경을 경험하고 싶은 욕구가 생겼다.

그러한 것들을 빨리 눈치챈 사업가들은 시외버스를 만들었다.

대찬은 시외버스 사업에 군침을 흘렸으나 미래에 벌어질 안 좋은 일들이 생각이 나서 시외버스에 대한 생각은 접었다. 대신 서부에 좋은 장소들이 많이 있는 것을 이용해 하와이 호텔 사업을 본토로 확장하는 것이 좋겠단 생각을 했다.

대찬은 당장 월터와 만나서 서부의 좋은 자리를 찾아 땅을 사들이고 호텔을 짓는 사업을 진행했다. 기존에 정해 놓은 대찬의 가이드라인들을 따라서 월터는 거침없이 사업을 진행했고 주변의 관광 명소를 개발하는 데 집중했다.

할 일이 어느 정도 정리되어 대찬에게도 드디어 쉴 수 있는 시간이 생겼다. 하지만 쉬는 걸 어떻게 알았는지 존 록펠러가 그를 찾아왔다.

"으하하하, 자네 덕에 돈이 좀 들어오게 됐네."

"아직 유통업으로 수익이 많이 나지 않았을 텐데요?"

"내 별명이 뭔가?"

"석유……."

"그렇지! 하하하, 그러니 이번에는 다른 사업도 내놓게."

"예?"

"뭘 그리 놀라고 있나. 이미 생각하고 있는 게 많지 않나?"

'이런 황당한 노인네, 누굴 호구로 아나?'

"그런 거 없습니다."

피식 웃은 존은 비서에게 말했다.

"민주당 대통령 후보, 언제 만나기로 했나?"

"다음에 워싱턴에서 저녁 약속이 잡혀 있습니다."

비서의 대답에 존은 소파에 상체를 깊게 누이며 턱짓했다.

"그렇다는구먼?"

'으, 열 받아!'

"5 대 5!"

"좋아, 무슨 사업인가?"

"그 전에 몇 가지 질문에 답해 주세요."

"물어보게."

"왜 유태인인 척하셨어요?"

존은 웃기 시작했다.

"하하하, 자네가 착각했지 내가 유태인이라고 말했는가?"

"그건 아니지만…… 유태인 공동체에 투자를 하셨잖아요."

"그거야 사업상 그들의 힘이 필요하니까 그랬던 거지. 유태인들이 힘이 아주 좋으니 도움이 필요한 나는 그저 유태인들의 마음을 사기 위해서 적극적으로 투자를 해 준 것이라네."

"허, 그럼 왜 그때 유태인이 돌아갈 거라고 생각한다는 답에 그렇게 좋아하셨던 거예요?"

"그거야 당연히 꼴도 보기 싫은 종자들이 이스라엘로 돌아갈 거라고 생각하니 안 봐도 된다는 생각에 너무 통쾌하지 뭔가? 하하하!"

"어휴……."

대찬은 머리가 지끈거렸다. 존만 만나면 이상하게 휘둘리기만 했다.

"질문은 다 끝났나?"

"아니요. 마지막으로 하나만 더 물어볼게요."

"뭔가?"

"왜 저를 만나고자 하신 거예요?"

"사업가의 촉이랄까?"

"촉요?"

"동부에서는 유럽을 오가는 배들이 많아서 항상 석유가 많이 공급되는 반면에 서부는 동부에 비하면 사용량이 굉장히 적었다네. 그런데 어느 순간 서부에서 필요한 물량이 많아지더군."

"사용량이 많아지는 것과 제가 무슨 상관이 있나요?"

"표면적으로 보면 대부분 백인들이 회사를 운영하거나 소유하고 있는데, 자세히 들여다보면 이질적인 이름이 꼭 끼어 있더란 말이지. 존 대찬 강이 말이야."

"그게 큰 이유가 되지는 않을 것 같은데요?"

"자네 말이 맞아. 그냥 그러려니 하고 넘어갔었지. 그런데 자네가 아주 큰 사고를 쳐 버렸어."

"사고요?"

대찬은 아무리 생각해 봐도 사고라고 표현할 정도의 큰일을 일으킨 기억이 없었다.

"하와이에다가 도시 사업을 계획했지?"

"네, 뭐……."

"그게 아주 큰 이슈가 되었다네. 대부분의 별장은 시원한 산에다가 마련하는 게 아주 보편적인 일이었거든. 아름다운 섬에 최고급 별장 그리고 지내기 편한 환경, 한순간에 주류층 인사들이 다 관심을 갖게 됐지. 특히 모델하우스는 내가 생각해도 걸작이었지."

"그럼 그 건설 회사 투자도?"

"안타깝지만 그건 유태인들이 먼저 선수 쳐 버렸어. 하던 이야기를 다시 하자면, 궁금했지, 사업을 보는 자네의 안목이. 만나 보니 흥미를 넘어서 아주 재밌더군. 이익을 얻을 수 있는 사업을 찾아내고 만들면서 전면에 나서기 힘드니 대리인을 내세우거나 동업자를 만들었어. 그리고 그 뒤로 자신을 숨기면서 실속을 제대로 챙기더란 말이야, 마치 유태인처럼."

"……."

"뭐, 그건 피부색 때문에 어쩔 수 없다는 걸 이해하네. 그리고 아주 현명한 방법이지. 아무튼 자네를 보니 내가 갈 길이 보이더란 말이지. 최근에 자네가 만들어 낸 학교도 참 재밌는 발상이란 말이야! 유태인과는 다르게 별다른 적을 만들지 않아. 그래서 마음에 들었네. 자, 솔직하게 말하지. 나는 아직도 부족해! 더 많이 벌고 싶어. 그런데 하도 욕을 먹어서 이제는 욕을 안 먹으면서 벌고 싶거든. 자네는 동반자가 필요하고 나는 돈을 더 벌고 싶고, 어떤가?"

존의 솔직한 고백에 대찬은 어안이 벙벙했다.

"내가 본 자네는 성공하게 될 거야. 다만 그 시기가 빠르냐, 늦냐의 차이겠지. 하지만 나와 함께라면 금방 그 자리에 올라설 수 있을 거야. 만약 배신에 대해서 걱정한다면 정략결혼도 할 의향도 있네. 자네라면 내 손녀딸이 아깝지 않겠지."

"지금 대답해 드려야 합니까?"

"물론 지금 답하지 않아도 좋네. 한번 잘 생각해 보게."

그는 마지막에 한마디를 덧붙였는데……

"자네를 나만 지켜봤을 거라고 생각하지 말게."

그렇게 존은 큰 고민거리를 안겨 주고 떠났다.

　

명환은 오늘도 어김없이 하루 일과로 순이와 함께 해변에서 노닥거리고 있었다. 최근에 둘은 고양이를 한 마리 키우기 시작했는데, 순이는 어디를 가나 항상 그 고양이를 끼고 다녔다.

"오빠, 이 고양이는 아빠 고양이야 엄마 고양이야?"

명환은 확실하다는 듯이 말했다.

"당연히 아빠 고양이지!"

순이는 고개를 갸우뚱하며 다시 물었다.

"오빠, 오빠는 이 고양이가 아빠 고양인 걸 어떻게 알았어?"

명환은 고양이를 들고 수염을 잡았다.

"이것 봐, 수염이 달렸지? 그러니까 당연히 아빠 고양이지!"

"그렇구나! 오빠, 엄청 똑똑하다!"

"그럼, 이 오빠는 엄청 똑똑해! 대찬이보다는 조금 덜 똑똑하고……."

야옹!

명환이 안고 있는 고양이는 바닥으로 내려와 귀찮다는 듯 해변에 발라당 누웠다. 그런데 고양이에게 수컷의 흔적은 보이지 않았다.

♠

대찬의 고민은 날이 갈수록 깊어졌다. 모든 상황을 생각했을 때 존의 제안은 최상의 조건이었다.

"최고의 행운은 생각지도 못할 때 온다고 했는데, 왜 이렇게 불안하지?"

처음에는 술술 풀리는 일에 기분이 좋았지만 생각할수록 불안한 마음이 늘어만 갔다. 판단하기 힘들 정도의 행운이 대찬이 예측할 수 있는 범위를 넘어서 버렸기 때문이다.

"에이 씨, 못 먹어도 고!"

대찬은 존과 회동을 갖고 곧바로 새로운 사업을 시작했다. 그가 꺼내 든 사업은 무역업이었는데, 세계의 모든 물산을 모아서 만들어진 유통망으로 물건을 전역에 유통시키는 것이었다.

유럽에서 오는 물건은 동부에서는 흔했으나 서부에서는 부족했고 반대로 아시아에서 오는 물건들은 동부에서 부족했다. 석유를 많이 이용할수록 존에게 수익금이 많이 났기 때문에 대찬은 이 부분을 고려하여 신규 사업을 정했다.

"이번 사업은 그다지 마음에 들지 않는군."

무역을 하면 좋은 사업이 될 거라는 대찬의 기대와는 다르게 사업은 지지부진했다.

"음…… 아무래도 새로운 수를 내야 할 것 같아요."

"새로운 수?"

"지금 무역 사업이 크게 성공하지 못하는 이유는 자주 팔리지 않는 것들만 주로 거래하기 때문이잖아요?"

"계속해 보게."

"우리가 자주 접하는 것이 주로 식자재인데, 식자재를 상하지 않은 상태로 갖고 오지 못한다는 게 가장 큰 문제인 것 같아요."

"해결할 방법이 있나?"

"어쩌면요."

대찬은 하와이에 도착해서 바로 스미스를 찾아갔다.

"스미스 씨."

한창 일에 집중하던 스미스는 대찬을 발견하고는 기쁘게 맞이했다.

"대찬, 오랜만이야! 얼굴 보기 너무 힘든 것 아니야?"

"미안해요. 그런데 아직도 여기서 생활해요? 돈도 많이 벌었잖아요."

대찬이 고안했던 통조림 생산 라인은 소문이 나서 통조림 업체들의 의뢰를 받았다. 그동안 스미스는 바쁘게 돌아다니며 기계를 제작해 주고 많은 돈을 벌 수 있었다.

"여기에 너무 정이 들어서 다른 곳으로 가고 싶지가 않더라고."

"이 공방이 너무 좋은가 봐요?"

"그럼, 여기서 내 모든 역사가 이루어졌는데, 하하!"

아메리칸
드림

오랜만에 만난 두 사람은 한참을 기분 좋은 이야기와 서로의 소식을 교환했다.

"아, 그런데 혹시 제가 만들어 달라고 했던 냉장고 기억나요?"

스미스는 고개를 절레절레 흔들며 말했다.

"그건 무척 어렵더라. 특히 냄새 때문에 물건을 보관하지도 못하겠던데?"

"만들었어요?"

"그럼, 나를 어떻게 본 거야. 만들기는 했는데, 마음에 들지 않으니 말을 못 하겠더라고."

"한번 볼 수 있어요?"

"보는 거야 어렵지 않은데 기대하지 말라고."

공방의 한쪽 구석으로 안내하니 냉장고라고 만들어 놓은 물체는 누워 있는 네모난 통이었다.

"이거야."

통의 뚜껑을 열었다. 냉장고에서는 심한 암모니아 향이 진동을 했다.

"어우, 냄새."

"심하지? 이래서 말을 못 한 거야."

"시원해지기는 해요?"

"응, 요즘에 주로 콜라를 넣어서 먹고 있어."

"콜라?"

"시원하게 먹으면 따끔한 게 속이 뻥 뚫리는 것 같더라. 하하, 존도 먹어 봐."

대찬에게 유리병으로 된 콜라를 꺼내 주었다.

'시원한 콜라! 대체 얼마 만이야.'

콜라의 기대감으로 암모니아 향은 곧 잊어버렸다.

꿀꺽꿀꺽!

"캬!"

"역시 존이야! 위대한 맛을 느낄 줄 아는구나!"

탄산이 부족한 듯했지만 오랜만에 먹은 시원한 콜라는 대찬을 황홀하게 만들었다.

"스미스 씨, 냉장고를 많이 만들 수 있어요?"

"그건 좀……."

"왜요?"

"수제로 만드는 데다 차갑게 만들어 주는 작용을 하는 것들이 만들기가 까다로워서 힘들 것 같아."

"그럼 크게 만들 수는 있어요?"

"얼마나 크게?"

"배에 실을 수 있을 정도로요."

"글쎄…… 한번 연구해 봐야겠는데?"

"부탁해요. 그리고 저 냉장고는 제가 가져가도 될까요?"

"그게……."

스미스는 안절부절못했다. 그러다 곧 결심을 했는지 허락했다.

다시 샌프란시스코로 간 대찬은 냉장고를 가지고 존을 만났다.

"냉장고 아닌가?"

"알고 있어요?"

야심 차게 준비했던 대찬은 존이 냉장고를 알고 있다는 사실에 크게 놀랐다.

"집에 몇 대 있네."

"헐……."

"그런데 냉장고는 왜 가지고 왔나? 심하게 냄새나는데."

"사업 때문에……."

"말해 보게."

"지금 이 냉장고는 작지만 만약에 차에 실을 수 있을 정도의 크기가 되고 배에 실을 수 있을 정도로 키우면!"

"음식이 상하지 않겠지, 음식이 안 상한다면……."

"가공식품을 유통할 수 있죠."

"하하하, 좋은 생각이네만 불가능하지 않나?"

"왜 불가능하다고 생각하세요?"

"그만큼의 전기 수급이 어떻게 되겠나?"

이 말에 대찬도 생각해 보니 현시대의 기술로는 이동하는 차에 원활한 전기 수급이 불가능하다는 결론이 내려졌다.

"끄응…… 그럼 가능하게 만들어야죠."

"좋아, 자네 말대로 된다면 그 시기가 얼마나 걸리겠나?"

"오래 걸리겠죠."

"안 된다는 말은 하지 않는군. 그렇다면 자네는 언젠가는 될 거라는 생각을 한다는 거군."

"네, 저는 가능하리라 봐요."

"혁신적인 생각이야. 그래서 내가 자네를 마음에 들어 하는 거지. 하지만 이번에는 너무 미래를 봤군. 하지만 어찌 되었건 간에 자동차와 같은 이동 수단의 중요성을 알려 줬어. 그 부분은 고맙네. 덕분에 투자할 곳을 찾았네."

존은 당장에 자동차 회사를 만들었다. 대찬은 회사에 투자하지 않았지만 존은 10퍼센트의 지분을 주었다.

"지분은 왜 나누어 주세요?"

"앞으로 자동차 산업이 크게 성공할 것을 느꼈거든. 실제로 우리가 사서 운용하는 화물차의 숫자도 적지 않고. 그리고 자네에게 준 지분은 공짜가 아닐세, 한번 만들어 보게."

"냉장고 말이에요?"

"맞아, 한번 제대로 사고 쳐 보게."

"좋아요!"

'가장 중요한 것은 제대로 된 냉매가 없다는 것이고, 다음 은…… 원활하게 전기를 공급할 수 있어야 된다.'

대찬은 자신이 할 수 없는 일임을 느끼고 존의 이름을 빌려 연구소를 세웠다. 수많은 화학자들과 과학자들을 섭외하고 목표를 주었다.

"냉장고에 들어갈 냉매를 개발하세요."

"자동차의 엔진이 돌아갈 때를 이용하여 많은 전기가 생산될 수 있게 연구하고 더불어 이동할 때 전기가 공급되지 않아도 어느 정도 자체적으로 돌아갈 수 있게 충분한 에너지를 가진 배터리를 개발해 주세요."

연구소에서는 대찬의 지시를 최우선으로 삼고 연구를 시작했다.

"폐하, 떠나셔야 합니다."

"내가 나라를 두고 어디로 간단 말이오."

"심정은 알겠사오나 안전한 곳으로 피하셔야 합니다."

떠나지 않겠다는 순종을 홍범도가 설득한 지 오래되었다. 하지만 순종은 요지부동이었다.

"벌써 일본이 근처에 자리 잡고 북상하고 있습니다. 여기 계속 계시는 것은 위험하옵니다."

"허……."

순종도 위험하다는 것은 알고 있었지만 지키지 못한 나라가 마음에 걸려 떠나기를 거부하였다.

"본인은 떠나지 않겠소. 대신 가족들을 보내시오. 본인은 남아서 그대들과 함께 싸울 것이오."

결국 광복군은 순종의 마음을 돌릴 수 없었다. 그러나 나머지 황실 가족들은 모두 다 상해로 가서 배를 타고 미국행 여객선에 몸을 실었다. 순종은 그들을 보내기 전 자신이 죽으면 황제를 이을 사람으로 이은을 지목했다.

가족을 모두 보낸 순종은 홀로 남아 자청해서 다른 광복군과 똑같은 훈련을 받았다.

순종은 남들보다 지독하게 훈련을 받았는데, 조금이라도 강도가 약하다는 생각이 들면 호통을 쳤다.

"나는 황제가 아니다. 그저 이씨 성을 가진 일개 광복군이다."

대찬은 존과 함께 민주당 대통령 후보 우드로 월슨을 만날 수 있었다. 이제까지 한인들이 로비를 아무리 해도 수장 격인 인물은 만날 수가 없었는데, 존이 자리를 주선하자 이제까지 열심히 로비를 했던 것이 그다지 쓸모가 없다는 것을 대찬은 알았다.

'아직 갈 길이 멀었어.'

아메리칸
드림

그런 대찬을 보며 존이 말했다.

"자네가 백인으로 태어났으면 참 좋았을 텐데……."

"네?"

"아닐세."

다른 언어로 중얼거린 존의 말을 대찬은 이해하지 못했다.

어느 대저택에 들어서자 입구에서부터 방문객을 맞이하는 신사복을 입은 흑인들이 즐비하게 대기하고 있었고 그들에게 외투를 맡기자 정해진 응접실로 안내받아 갔다.

응접실로 입장하자 많은 사람들이 존을 반겼다. 반면에 대찬은 꿔다 놓은 보릿자루처럼 자리를 지키며 멍하니 서 있기만 했다. 아무도 관심을 갖지 않았고 없는 사람처럼 취급했다.

"아, 이쪽은……."

"됐습니다. 하던 이야기나 마저 하시지요."

앉으라는 말도 없어 대찬이 할 수 있는 일은 그저 속으로 화를 참는 일뿐이었다.

'자존심 상해.'

대찬은 눈물이 날 것 같았다.

무관심의 연속, 마치 주변의 모든 것은 존재하지만 보이지 않는 것처럼 대찬의 존재만 부정당하고 있었다.

한참을 눈물을 참으며 있자 두 눈이 토끼 눈처럼 시뻘게졌다.

"가세."

차의 뒷좌석에 나란히 앉은 두 사람은 이동하는 내내 말이 없었다.

"자네가 너무 많이 갖고 있다는군."

"……무슨 말이에요?"

"방금 그곳에 민주당뿐만 아니라 공화당, 혁신당의 의원들도 같이 있었네. 그런데 자네가 너무 많이 갖고 있어서 마음에 들지 않는다고 하는군."

"이해가 안 돼요."

"백인도 아닌 자가 많은 재산과 직원들을, 백인을 고용하는 것에 자존심이 상한 것이라네."

"……."

"현명하게 대처하게. 돈은 다시 벌 수 있으니까."

차의 엔진 소리만 날 뿐 침묵으로 목적지에 천천히 다가갔다.

to be continued